007（第二辑）典藏系列

Live and Let Die
生死攸关

伊恩·弗莱明 ◎ 著

潘纯琳 ◎ 译

时代出版传媒股份有限公司
安徽文艺出版社

图书在版编目（CIP）数据

生死攸关/（英）伊恩·弗莱明（Ian Fleming）著；潘纯琳译.—合肥：安徽文艺出版社，2018.1
（007典藏系列）
ISBN 978-7-5396-6132-2

Ⅰ.①生… Ⅱ.①伊… ②潘… Ⅲ.①长篇小说－英国－现代 Ⅳ.①I561.45

中国版本图书馆CIP数据核字（2017）第149240号

出 版 人：朱寒冬　　　　　合作策划：原典纪文化
责任编辑：姜婧婧　　　　　装帧设计：张诚鑫

出版发行：时代出版传媒股份有限公司　www.press-mart.com
　　　　　安徽文艺出版社　www.awpub.com
地　　址：合肥市翡翠路1118号　邮政编码：230071
营 销 部：（0551）63533889
印　　制：安徽联众印刷有限公司　（0551）65661327

开本：880×1230　1/32　印张：6.875　字数：190千字
版次：2018年1月第1版　2018年1月第1次印刷
定价：25.00元

（如发现印装质量问题，影响阅读，请与出版社联系调换）

版权所有，侵权必究

007

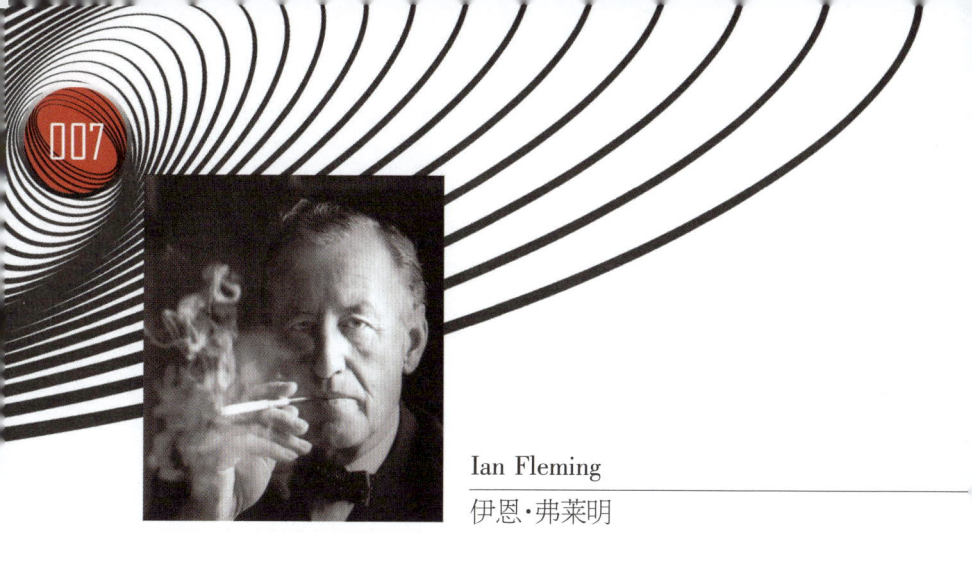

Ian Fleming
伊恩·弗莱明

1953年，正在牙买加太阳酒店度蜜月的伊恩·弗莱明百无聊赖地坐在打字机边，他的脑子里在酝酿"一部终结所有间谍小说的间谍小说"——这部小说的主角就是通俗文学世界里最为人知晓、商业电影范围内生命最长的詹姆斯·邦德。

和其笔下的007一样，弗莱明的现实生活中也充满了炮弹味和香水味，和詹姆斯·邦德有的一拼。弗莱明1908年出生在英国。他的性情却和英国的传统教育格格不入，1921年，在著名的伊顿公学念书的弗莱明因为行为不端而被开除。1926年，他在家庭的安排下进入了桑德赫斯特军校，弗莱明再次因为酗酒和斗殴，提前结束了自己在军校的生活。1931年，他进入了著名的路透社，成为了一名专门报道间谍案件的记者。1933年，他回到了英国，做了一个银行职员，百无聊赖的生活让弗莱明忍无可忍，好在二战的到来为弗莱明赢得了"换种活法"的机会——战争让弗莱明变成了邦德。

1939年5月，弗莱明成为英国皇家海军情报局中尉，因工作出色，弗莱明深得局长约翰·戈弗雷海军上将的赏识，后者以作风强硬著名，是007的老板——M的原型。弗莱明曾多次陪同戈弗雷上将去美国与联邦调查局局长胡佛会晤，交流情报，并作为戈弗雷上将的助理直接领导代号为30AU的间谍部队。这是一个由间谍精英组成的小分队，队员个个身怀绝技，从神枪手、化装师、武器专家到解密高手、间谍美女，一应俱全。他们的主要任务是帮助纳粹占领国的高级官员逃亡以及窃取德军重要档案。

第一次行动,弗莱明率领30AU来到葡萄牙的卡斯卡伊斯,策划阿尔巴尼亚国王索古从德国、意大利占领区潜逃。他设想的营救计划是这样的:清晨,在国王寓所门前,两名清洁工(由英国特工扮演)出现了,严密监视国王寓所的德国卫兵问了两句,就让他们进了门。待了一会儿,两个清洁工(已是国王夫妇扮演)再次出现,拖着垃圾袋正向大门走来。这时,事先安排好的一场车祸准时在街对面发生,德国卫兵赶紧召集人手灭火救人。一个蒙太奇镜头:两个"高贵的清洁工"登上垃圾车渐渐远去。待德国人发现国王夫妇失踪时,国王夫妇已化装成葡萄牙人搭乘一艘意大利游轮安全抵达卡斯卡伊斯。结果,整个行动与伊恩·弗莱明的策划一样顺利,犹如他在执导拍摄一部007电影。

二战期间,弗莱明与"疯狂比尔"——美国战略情报局局长威廉姆·多诺万将军关系密切。1941年,多诺万计划成立新的情报机关,要弗莱明策划一个蓝图。弗莱明为他撰写的计划共72页,描述了一个完美特工应具备的特质,"年龄在40岁到50岁,经过特工训练,拥有出色的观察、分析、评价能力,完美的判断力,能随时保持头脑清醒,对情报事业有献身精神,并有广博的生活经历"。这和詹姆斯·邦德的形象几乎一致。1947年中情局正式成立,很大程度上借鉴了"邦德标准"。弗莱明毫不掩饰得意之情,向多个朋友吹嘘"我创造了中央情报局"。

1945年11月4日,弗莱明离开了海军情报局,戈弗雷上将对他做出了闪光的评语:"他的热情、才能和见识都是无与伦比的,他对海军情报局的战时发展和组织活动做出了巨大贡献。"

自《皇家赌场》大卖之后,弗莱明就成了一架被烟草和酒精驱动的写作机器,在他人生最后的12年里,一共写了14本007小说。在弗莱明生前,他的007系列小说就销出了4000万册,迄今为止,该系列小说在世界各地的销售量已超过1亿册。

1964年8月12日,56岁的弗莱明由于心脏病发作倒在儿子的生日宴会上。

几十年过去了,那些曾经试图抛弃他的"贵族们"早已烟消云散,他所留下的作品却享誉全球,妇孺皆知。在全世界,无数的人在阅读007小说或观看007电影,以此向这位传奇人物表达敬意和缅怀之情。

目　录
Contents

第一章　红地毯／1

第二章　与 M 的会面／10

第三章　拜访卡／18

第四章　大总机／30

第五章　黑人天堂／39

第六章　Z 桌／48

第七章　大先生／56

第八章　没种／65

第九章　正确或错误？／75

第十章　银色幻影号／85

第十一章　妖精／96

第十二章　大沼泽地／106

第十三章　鹈鹕之死／117

第十四章　身处险境／128

第十五章　街尾蛇公司的午夜／138

第十六章　牙买加事务／149

第十七章　殡仪员的风／160

第十八章　美丽荒漠庄园／170

第十九章　阴影山谷／178

第二十章　血腥摩根的洞穴／185

第二十一章　二位晚安／193

第二十二章　海上恐怖／201

第二十三章　激情离开／213

Live and Let Die

第一章 红地毯

特工生涯总有奢华的时刻。总有某些任务需要扮演成有钱人;邦德偶尔也需要用优渥的生活来消除危险的记忆和死亡的阴影;有时,比如现在这种情况,他是盟约特勤处的一位客人。

从英国海外航空公司的客机滑行在爱德怀德国际机场跑道上的那一刻起,詹姆斯·邦德就享受到了皇室成员的待遇。

他与其他旅客一起离开飞机,接受美国卫生局、移民署和海关臭名昭著的折磨。闷热、土褐色的房间,充斥着陈年的霉味、汗臭和罪恶,那些标有"私密"印记的密闭的门让人恐惧,门后藏着那些小心谨慎的工作人员,各种文件,嘀嘀不停地向缉毒局、反间谍处、财政部发送信息的电报机。

在一月刺骨的寒风中走过停机坪时,邦德看见自己的名字在显示屏上滚动:詹姆斯·邦德,英国外交护照0094567。片刻之后,审核结果显示在另一台机器上：拒绝通过。这时，联邦调查局发来信息：耐心等候检查。联邦调查局与美国中央情报局进行某种交易后，联邦调查局发信给爱德怀德机场：通过检查。冷漠的前台官员归还了他的护照，再附上一句"祝您过得愉快，邦德先生"。

邦德耸了耸肩，跟随其他乘客通过铁丝网向贴有美国医疗服务标志的门走去。

在他的职业生涯中，这只不过是恼人的例行公事。当然，他不喜欢他的档案被任何外国势力所掌控。任何记录在册的有关他真实身份的线索都会削减他的价值并最终威胁到他的生命。在美国，他们知道关于他的一切，他感觉就像一个被巫医偷走影子的黑人。他的一个重要部分被质押，掌握在别人的手中。当然这里是友邦，但是……

"邦德先生？"

一个身着便衣、和蔼可亲、长相普通的人从医疗卫生服务站的阴影中走出来。

他们握了握手。

"希望您旅途愉快！请跟我来好吗？"

他转向在门口站岗的机场警署官员。

"警官好。"

"哈洛伦先生好。回头见。"

其他乘客已经进去了。哈洛伦转向左边，离开建筑物。另一个警察打开高边界围栏上的一道小门。

"再见，哈洛伦先生。"

"再见,警官。谢谢。"

外面已经等着一辆黑色别克,引擎低吼。他们上了车。邦德那两个轻飘飘的行李箱正安放在司机旁边。邦德无法想象它们是如何被这么快取出来的,几分钟前他刚看到乘客们的行李被推过来交给海关。

"好的,格雷迪。我们走吧。"

他转向哈洛伦。

"嗯,这可是上宾的待遇。我原本预计至少一个小时才能通过海关。我不习惯 VIP 待遇。无论如何,非常感谢您的疏通。"

"您太客气了,邦德先生。"哈洛伦笑了笑,从一包新开的卢克斯香烟中取出一支递给他,"我们想让您待得愉快。您想要什么,尽管说,都会给您。虽然我们并不知道您为什么在这里,但是看起来当局很重视此事,您应该是政府的一位特殊客人。我的工作就是尽快接到您,并将您送去酒店,届时会有别人接待您。在这之前,请给我看一下您的护照。"

邦德给了他。哈洛伦打开他身旁座位上的一个公文包,拿出一个很重的金属印章。他把邦德的护照翻到美国签证页,盖上印章,在深蓝色圈上写上他的签名后把它还给了邦德。然后他拿出钱包,取出一个厚厚的白色信封递给邦德。

"这里有 1000 美元,邦德先生。"他举起手阻止邦德开口说话,"这是我们在施密特—肯纳斯基运输公司缴获的钱。您被要求参与此案,并被允许在这次任务中以任何您喜欢的方式花掉这些钱。如果您拒绝,这将被认为是一个非常不友好的行为。请不要再说什么。"看到邦德迟疑地把信封拿在手里，他补充说，"还需说明的是，对这些钱的处置已经知会您的上司，并得到了他的批准。"

邦德定定地看他一眼，然后微微一笑，把信封放进了自己的钱包。

"好吧，"他说，"谢谢。我试试，在能造成最大伤害的地方花掉它。我很高兴有一些工作资金，特别是在知道这是对手提供的，这的确很好。"

"好的。"哈洛伦说，"现在，如果你能谅解，我将在我的报告中把这一点写进去。可得记住给移民局和海关寄一封感谢信，感谢他们的合作。"

"走吧。"邦德说。车子向酒店驶去，邦德沉默地看着车窗外，这是他二战以后第一次到美国。美国习语立刻跳了出来：广告、新车型、二手车、价格各异；异国情调的刺激性路标：柔肩——曲线——挤压——滑湿，驾车标准、车上的女人、温顺地陪在旁边的男人们；民防警告：如有敌袭——继续前进——撤离大桥；密密麻麻的电视天线、备受电视影响的广告牌和商店橱窗；时不时掠过的直升机；小儿麻痹症基金会和癌症基金的捐款号召……对他的职业而言，所有细小短暂的印象就像碎裂的树皮和折断的树枝对于丛林中的猎人一样重要。

司机选择了三区大桥，他们以惊人的速度向曼哈顿上城飞驰。纽约的美丽风景在他们眼前疾速展开，直到他们身处钢筋水泥丛林中。

邦德转向他的同伴。

"我本来不想说,"他说,"但这一定是全球最快的汽车。"

"别提了,"哈洛伦赞同,"我一直担心会不会出车祸。"

他们在第五大道和55街的拐角处停下,那里有纽约最好的圣瑞吉斯酒店。一个身着深蓝色外套、头戴黑色小礼帽、一脸阴郁的中年男子从门童身后走出来。在人行道上,哈洛伦向邦德介绍他。

"邦德先生,这是德克斯特上尉。"他恭敬地问,"上尉,现在我能将邦德先生交给您吗?"

"当然,当然。只需把他的行李送上去。2100房间。顶楼。我会带邦德先生上去,并提供他想要的一切。"

邦德转身向哈洛伦道别,并表示感谢。片刻之后,哈洛伦转身向门童交代了邦德的行李。

邦德的目光越过哈洛伦看到55街,他的眼睛眯了起来。一辆黑色的雪佛兰轿车在拥挤的车流中突然冲出来,正好在一辆齐克尔轿车前紧急刹车,齐克尔轿车的司机用拳头猛砸他的喇叭,让它一直响个不停。雪佛兰轿车继续走,刚好赶上绿灯的尾巴,在第五大道北消失了。

这是一次聪明果断的超车,但让邦德震惊的是司机是一个黑人女子,一个穿着司机制服的美貌黑人女子。汽车加速驶过大道时,透过后窗玻璃,邦德瞥见那个乘客——一张巨大的灰黑色面孔慢慢转向自己,定定地看着自己。邦德确信他在看自己。

邦德握住哈洛伦的手。德克斯特不耐烦地抚摸着他的手肘。

"我们直走,乘坐大厅右边的电梯。请拿好您的帽子,邦德先生。"

邦德跟着德克斯特跨上台阶走进酒店，他还想着刚才的事：在世界任何地方，你几乎不会看到一个黑人女司机，这几乎是不可想象的，即使是在哈莱姆，但这至少能够表明这车来自哪里。

后座上那个大个子？灰黑色的脸？大先生？

邦德一边思索着，一边跟着德克斯特上尉瘦削的后背进入电梯。

电梯停在21楼。

"邦德先生，我们为你准备了一个小小的惊喜。"德克斯特上尉说。邦德感觉这话里没有太多热情。

他们沿着走廊走到拐角的房间。

风在走廊的窗户外呼啸，邦德迅速地看了一眼其他摩天大楼的顶部，以及更远处中央公园树木上光秃秃的枝条。他感觉自己离地面很远，有那么一瞬间，一种奇怪的孤独感和空虚感抓住了他的心。

德克斯特打开2100房间的房门，并在他们进入后关上门。他们进入一个灯火通明的小型客厅。他们把帽子和外套放在椅子上，德克斯特打开他们面前的一扇门让邦德进去。

他走进一个令人眩目的第三大道帝国酒店装饰风格的起居室——淡黄丝绸的安乐椅和宽沙发，美丽的奥布松地毯，浅灰色墙壁和天花板，法国弓顶餐具柜，上面放着瓶子、玻璃杯和一个镀金的冰桶，晴朗的天空中涌出的冬日阳光透进宽大的窗户。中央暖气温度适宜。

卧室门开了。

"您的床边放了花朵。这是中央情报局著名的微笑服务的一部分。"瘦高的年轻人走上前来咧嘴一笑,伸出他的手,邦德惊奇得呆住了。

"菲力克斯·莱特!你在这里干什么?"邦德热情地握住他的手,"你在我的卧室里做什么呢?天哪!很高兴看到你。你不是在巴黎吗?别告诉我他们派你来这儿干活。"

莱特亲切地拥抱邦德。

"你说对了。正是他们干的。好棒的假期!至少,对我来说算假期。中央情报局认为我俩在皇家赌场那个任务干得不错,于是他们把我从巴黎的联合情报局拖过来,让我来华盛顿干活,所以我来了。我是中央情报局和我们联邦调查局的朋友之间的联络人。"

他向德克斯特上尉挥手,后者面无表情地看着莱特这种毫不专业的热情。

"这是他们的任务,当然,至少该由美国人负责,但你知道中情局方面有一些全球布局,所以我们联合执行此案。现在你在这儿为英国方面收尾牙买加事务,直到团队任务结束。你怎么看?坐下来,喝一杯。我听说你到了楼下,就直接订了午餐,已经在路上了。"他走到餐具柜,开始调制马提尼鸡尾酒。

"哦,该死的。"邦德说,"当然,老魔鬼 M 没告诉我。他没有告诉我任何好的新消息,我猜他认为这可能会影响我决定是否接手此案。无论如何,这太棒了!"

邦德突然感到德克斯特上尉的沉默。邦德转向他。

"上尉,我非常高兴能在您的领导下干活。"他婉转地说,"按照我的理解,此任务被相当有技巧地分为两个部分。第一部是完全在美国执行,毫无疑问,属于您的管辖范围。如果接下来我们将不得不因此追踪进入牙买加、加勒比,我知道我将接管美国领海以外的事务。菲力克斯将如您的政府所关心的那样整合这两个部分。我在这儿时将通过中情局向伦敦报告,我到加勒比后会直接与伦敦联络,同时保持与中情局的联系。您怎么看?"

德克斯特淡淡一笑。"就是这样,邦德先生。胡佛先生让我转告您,他很高兴和您一起执行任务。"他补充道,"我们自然不用操心此任务在英国的收尾,我们非常高兴中情局与您及贵处在伦敦的人将处理此事。应该会一切顺遂。好运!"他举起莱特递给他的鸡尾酒。

他们爽快地干了手中烈酒,莱特长着鹰钩鼻的脸上显出愉快的表情。

敲门声响了。莱特打开门,让提着邦德手提箱的行李员进来。他背后是两个服务员,推着载满了有盖餐盘、刀叉餐具和雪白亚麻餐巾的手推车,这些东西都被放在一张折叠桌上。

"蛋黄沙司软壳蟹、三分熟超大牛肉汉堡、木炭烧烤、法式煎土豆、西兰花、千岛酱混合沙拉、覆盖有融化奶油糖果的冰淇淋,还有你在美国能弄到的最好的莱茵白葡萄酒。如何?"

"听起来挺不错。"邦德说,但他对融化的奶油糖果持保留态度。

他们坐下来逐一享用这些美式佳肴。他们几乎不说话。在桌子被清理干净,咖啡已经端上来之后,德克斯特上尉取出他口中的五毛雪茄,清了清嗓子。

Live and Let Die

"邦德先生,"他说,"现在也许您会告诉我们您所了解的情况。"

邦德用他的大拇指指甲打开了一包"切斯特菲尔德牌"香烟,坐在温暖奢华的房间里的安乐椅上,他的思绪回到两周前的那段痛苦时光,当时他正走出他在切尔西的公寓进入伦敦大雾的阴冷迷蒙中。

第二章　与 M 的会面

几分钟前，邦德从车库开出他那辆 1930 年产的灰色宾利敞篷跑车。他打开雾灯，小心翼翼地沿着国王大街行驶，然后上了斯隆街抵达海德公园。

M 的办公室主任曾在午夜打电话来说 M 想在第二天早上九点见到邦德。"太早了一点，"他道歉说，"但他看起来想要对某些人采取一些行动。他这几周一直在思考。也许他终于下定了决心。"

"你可以给我什么线索吗？"

"代号为 A 和代号为 C 的事。"办公室主任说，然后挂断了电话。

这意味着此次行动牵涉特勤局的 A 站和 C 站。两个分站分别处理美国和加勒比地区事务。二战期间，邦德曾在 A 站工作过一段时间，但他对 C 站及其事务知之甚少。

他的车缓慢行进在穿过海德公园的街道上，2英寸排气管的缓慢排气声陪着他，他因为期待与M的会面而感到兴奋，这个非凡的人那时是——现在仍是——特勤处的负责人。自从那个夏天结束后，他还不曾仔细观察那双冷静、精明的眼睛。他们上次见面时M很高兴。

"休假一段时间，"他说，"充分的休假。然后给你这只手的手背移植一块新皮肤。Q会给您安排一个最好的医生，定好一个时间。不能让你带着这该死的俄罗斯'商标'到处晃。等你彻底休息好之后，我看看能不能给你找一个轻松的目标。祝你好运。"

这手如今已经开始恢复，不痛但恢复缓慢，留下一道细长的伤疤。一个苏联锄奸局的杀手刻在他手上代表间谍的"SCH"，已被移除。邦德想到那个用匕首在他手上刺字的男人，握紧了放在方向盘上的手。

这个手持匕首的男人所在的优秀特工组织——苏联锄奸局，号称特工终结者，它仍然一样强大、一样高效吗？贝利亚走后如今是谁在控制它？在皇家赌场那件事情之后，邦德发誓要报复他们。在上次会面中，他把事情原原本本地告诉了M。M这次的安排会开启他的复仇之旅吗？

邦德眯缝着眼睛，凝视摄政公园的黑暗，他的脸在仪表盘的微光中显得残酷而冷硬。

他把车开到那幢高层建筑背后的停车场，把车交给一个便衣司机，然后走到主入口。他乘电梯到顶楼，沿着铺着厚厚地毯的走廊往前走。办公室主任正在等他，一见他就立刻用对讲机通知M。

"007已经到了,先生。"

"带他进来。"

无可挑剔的莫妮潘妮,M的全能私人秘书,给了邦德一个鼓励的微笑。他走进那道双开门。与此同时,他刚离开的那房间高墙上的绿灯亮了。只要这盏灯亮着,就表示M不想被打扰。

绿色玻璃灯罩台灯在红皮革的书桌上投下一小片灯光。因窗外的雾,房间的其余部分都黑黢黢的。

"早上好,007。让我看看你的手。干得不错。他们从哪里移植来的皮肤?"

"前臂,先生。"

"嗯。汗毛快长起来了,再弄弯曲。不管怎样,过段时间都会好的。坐。"

邦德走向M书桌对面那把椅子。M灰色的眼睛看着他,仿佛能看透他。

"休息好了吗?"

"是的。谢谢您,先生。"

"你曾见过它们中的一个吗?"M突然从他的背心口袋里掏出一样东西,把它越过半个桌子扔给邦德。它跌在红色皮革上发出一声微弱的叮当声,闪闪发光,是一枚金币。

邦德把它捡起来,翻过面,在手里掂了掂。

"没有,先生。价值约5磅,或许。"

"收藏价15磅。这是一枚爱德华四世时期的诺布尔玫瑰金币。"

M再次从背心口袋里掏出更多的金币扔到邦德面前的桌子上。每扔一个他都要说明它的年代和历史。

"1510年的西班牙印有费迪南德和伊莎贝拉头像的埃克舍兰特金币;1574年的印有法国查尔斯九世头像的埃居太阳金币;1600年的印有法国亨利四世头像的埃居金币;1560年的西班牙印有菲利普二世头像的杜卡特金币;1538年荷兰印有查尔斯·德·厄吉蒙德头像的赖德金币;1617年的热那亚科朱普尔金币;1644年的法国波旁王朝时期印有路易十四头像的路易多金币。对收藏家而言,每枚值10到20磅。注意到它们的共性吗?"

邦德回答说:"没有,先生。"

"所有金币均于1650年之前铸造。海盗'血腥摩根'是牙买加1675到1688年的州长和总司令。英国硬币在这堆收藏里简直不值一提。这些也许是运来支付牙买加军备款的。但是从类型和日期看,这些可能来自任何被大海盗们——洛约纳、皮埃尔、勒·格朗、夏普、索金斯、'黑胡子'——抢走的钱财。但斯平克斯和大英博物馆几乎都同意,这肯定是血腥摩根宝藏的一部分。"

M停了下来填充他的烟斗并点燃它。他没有邀请邦德吸烟,邦德也没想过未经邀请便这样做。

"它一定是一座珠宝地狱。在过去的几个月里,近一千枚这样,以及类似的金币出现在美国。财政部的特别部门和联邦调查局已经找到一千枚,那还有多少已经被熔化或落入私人收藏中呢?它们继续进来,出现在银行、黄金商人、古玩商店,当然主要是典当行之中。联邦调查局处于两难境地。如果他们把这些金币列为偷来的赃物，来源将会被截断。金币会被熔化成金条并直接进入黄金黑市。这些金币的珍贵价值会消散，而黄金会直接流入地下市场。事实上，有人利用黑人搬运工、卧铺车厢服务员、卡车司机等完全无辜的人来将金币扩散到全美。这里有一个典型案例。"

M打开了一个标着绝密红星的棕色文件夹，挑出一张纸。M举起它时，邦德可以从纸的背面看到文头："司法部、联邦调查局调查"。M读道：

"扎卡里·史密斯，35岁，黑人，卧铺车厢搬运工兄弟会的成员，住址是纽约西区126街。嫌疑人被费恩珠宝公司——位于雷诺克斯大道870号——的亚瑟·费恩指认，他于11月21日出售了16和17世纪的四个金币。费恩以100美元的价格予以收购。审讯时，史密斯说它们是在第七天堂烤肉（一个著名的哈莱姆酒吧）、一个他之前和之后都不曾见到的黑人以20美元一枚的价格卖给他的。卖家说它们在蒂凡尼珠宝店价值50美元一枚，但是他想要现金，而蒂凡尼又太远了。史密斯花20美元买了一枚，发现邻近的当铺老板愿意给他25美元，就回到酒吧，花60美元买下了其余三枚。第二天早上，他把它们带到费恩公司。嫌疑人没有犯罪记录。"

M把那张纸放回褐色文件夹。

"这很典型。"他说，"有几次他们抓住了中间人，发现他买得更便宜一点，而且一买就是上百枚，不用说卖给中间人的价格还要低。所有这些大宗的交易都发生在哈莱姆或佛罗里达。一般而言，中间人总是一个黑人，还是白领阶层，富裕而有教养，他们坦白说这来自埋在地下的宝藏,黑胡子的宝藏。"

"这个黑胡子的故事出现在大多数调查中,"M继续说道,"因为我们有理由相信他宝藏的一部分于1928年圣诞节左右在一个叫普拉姆珀因特的地方被挖出。这是北卡罗来纳州博福特县一块狭长的咽喉地带,那儿有一条被称为巴思溪的小溪流入帕姆利柯河。你可别认为我是专家,"他笑了,"你可以在档案里读到所有这些。所以,在理论上,这对全书出生的解释是相当合理的,那些幸运的珠宝猎人藏起了这些金币,直到每个人都忘记了这个故事,然后迅速在市场上抛出。或许他们当时或稍后就已经整体出售,而买方刚刚决定套现。无论如何这是一个足够好的掩护,除了两点。"

M停了一下,重新点燃他的烟斗。

"首先,黑胡子集中在1690年到1710年间作案,而这些金币中没有一枚铸于1650年后,这显然不可能是他的宝藏。同时,正如我之前所说,这些金币里包含爱德华四世诺贝尔玫瑰金币,没有记录显示任何一艘英国珠宝船在到牙买加的途中被抢劫。航海的弟兄们不会随身携带它们,因为它们太重太难运送。"

"其次,"M看着天花板,背对邦德,"我知道宝藏在哪里。至少我敢肯定它不在美国,而是在牙买加。它是血腥摩根的,我猜这是历史上最有价值的地下宝藏之一。"

"哦,天哪,"邦德说,"我们要如何介入此案?"

M举手示意。"你会在这里找到所有的细节,"他把手放在棕色文件夹上,"简言之,C站一直在追踪一艘名叫'塞卡特尔号'的柴油机游艇,它已经从牙买加北海岸的一个小岛通过佛罗里达进入墨西哥湾，抵达一个叫圣彼得斯堡的地方。这是一个快乐的度假胜地，位于佛罗里达西海岸坦帕市附近。在联邦调查局的帮助下，我们已经追踪到这艘船和岛的所有权归属于一个叫大先生（Mr. Big）的人，一个黑人恶棍，住在哈莱姆区。听说过他吗？"

"没有。"邦德说。

"说来奇怪的是，"M 的声音更柔和、更平静，"这些黑人中的一个购买一枚金币所付的一张 20 美元钞票——他记得他在其上标注了一个 Peaka Peow（数字游戏）——被大先生的副手之一用于支付，"M 用烟斗柄指着邦德，"给联邦调查局的一位双料间谍——他是一名左翼分子。"

邦德轻吹了一声口哨。

"简言之，"M 继续说，"我们怀疑这个牙买加宝藏被用于资助苏联在美国的间谍系统或它的一个重要组成部分。当你听完我的话时你就会知道我没有夸张。"

邦德等待，他的眼睛凝视 M。

"大先生，"M 说，掂量他的话语，"可能是世界上最强大的黑人罪犯。"他仔细枚举，"他是黑寡妇伏都教巫术崇拜的领袖，被那些信徒当成死神萨米迪男爵本人来崇拜。你在里面可以看到更详尽的资料，"他抽出文件夹，"它会吓得你魂飞魄散。他也是一个苏联特工。最后，会让你特别感兴趣的是，邦德，他是锄奸局的一个成员。"

"是的。"邦德慢慢地说，"现在我明白了。"

"很难缠的案子，"M 说，紧盯着他，"很难缠的人，这个大先生。"

"我不曾听说过任何一个伟大的黑人罪犯,"邦德说,"除了做鸦片,大量黑人混迹于非洲的钻石和黄金生意,但总是规模很小。他们似乎并不需要大生意。我本以为,他们是非常守法的家伙,除了喝醉的时候。"

"我们这位大先生是个例外,"M说,"他不是纯种黑人。他出生在海地,有相当比例的法国血统,还曾在莫斯科受训,你也会从文件中看到。黑人开始在所有的职业——科学家、医生、作家等——展现天才,这个时候他们又产生了一个伟大的罪犯。毕竟,世界上有两亿五千万黑人,相当于白人人口的三分之一。他们有足够的头脑、能力和胆量。现在莫斯科方面教会了他们中间的一个各种犯罪技术。"

"我想会会他,"邦德说,然后他温和地补充道,"我想会会锄奸局的任何成员。"

"那好吧,邦德。带上这个。"M把厚厚的棕色文件夹递给他,"与普伦德和达蒙商量一下。准备好在一周内开工。这是CIA(中央情报局)和FBI(联邦调查局)的一项联合行动。看在上帝的分上,别踩联邦调查局的痛脚。祝你好运。"

邦德直接走下楼去找指挥官达蒙,A站的负责人,一个警惕的加拿大人,控制着美国特勤处与中央情报局的联系。

达蒙从他的桌上抬起头。"我知道您已经接手此案,"他说,看着文件夹,"坐吧,"他指着电暖炉旁的一把扶手椅,"您先浏览一下材料,我将补充其他信息。"

第三章　拜访卡

抵达纽约后的第十天,邦德在圣瑞吉斯酒店的豪华卧室里慢慢醒来,他感到与德克斯特和莱特的谈话没有增加多少帮助。

德克斯特提供了关于大先生的大量细节,但没有任何对此案有意义的新线索。大先生45岁,出生在海地,黑人与法国人的混血。因为他臆造的名字波拿巴·伊格纳茨·加利亚(Buonaparte Ignace Gallia)的首字母是B、I、G,也因为他的身高和魁梧的体型,他从青年时代起逐渐被称为"大男孩"或只是"大",后来这些绰号变成"大人物"或"大先生"。他的真实姓名只出现于海地的教区注册本和联邦调查局档案。除了女色,他没有明显恶习,他厮混过的女子不计其数。他不喝酒不抽烟,唯一的阿喀琉斯之踵(弱点)似乎是慢性心脏病,近年来,这使得他的皮肤变得灰暗。

大先生自孩提时代就加入了伏都教学习巫术,曾在太子港当卡车司机为生，然后移民到美国，为雷吉思钻石帮派工作，干得颇为得心应手。禁酒令解除后，他搬到了哈莱姆区，买下一个小夜总会一半的股份和一帮肤色各异的应召女郎。1938年，因其合伙人被发现死在哈莱姆河的一个水泥桶中，大先生自动成为这项生意的唯一投资人。1943年，因其具有法裔血统，他被征召入伍，并逐渐引起战时美国特勤局战略服务办公室的注意。他们全面训练他，并把他派到马赛作为对抗贝当合作主义者的特工。他与来自非洲的黑人助手合作愉快，工作良好，提供了优质和准确的海军情报。他与一个为苏联做类似工作的间谍走得很近。战争结束时他在法国复员，由美国和法国授勋。随后他消失了五年，也许到了莫斯科。1950年，他回到哈莱姆，很快就因疑似为苏联特工引起了联邦调查局注意，但他从未让自己被控或掉进FBI所设的陷阱。他买了三个夜总会和一个生意兴隆的哈莱姆连锁妓院。他似乎有无限的资金，付给他的副手们人均两万美元年薪。相应的，作为靠谋杀起家的人，他十分专业又很敬业。据传他因在哈莱姆地下搞伏都教神庙，并建立起伏都教与海地之间的联系而闻名。传言四起，说他是活僵尸或死神萨米迪男爵的替身、可怕的黑暗王子。他强化了这个故事，如今这传言被整个下层黑人世界接受。因此，他操控真正的恐惧，而干涉他或违背他命令的人常常不明不白地死去。

邦德向德克斯特和莱特仔细地询问了这个大个子黑人与苏联锄奸局之间勾结的证据，结果证据确凿。

1951年，以100万美元的代价和为他们工作六个月后的安全避难所为承诺，FBI终于说服一个知名苏联特工变成双料间谍。一个月内一切进展良好,结果超过了最高期望。这个苏联间谍获得了苏联驻联合国代表团经济专家的任命。一个周六,他乘地铁到宾夕法尼亚车站,准备前往位于格伦科夫的苏联周末休息营地——一处位于长岛,原属摩根集团的房产。

一个身材高大的黑人(从照片可以确认为大先生),在火车进站时站在这个苏联间谍旁边。然后,在火车紧急停止在倒在铁轨上的苏联间谍身前时,有人看见大先生向出口走去。没人看见大先生推了那人,但在混乱中这也绝非不可能。目击者们说那不可能是自杀。那人摔倒时发出可怕的尖叫,他肩上还背着一个高尔夫球俱乐部的袋子。大先生,当然有一个和诺克斯堡①一样牢不可破的辩解。他一直被拘留和询问,但很快又被哈莱姆最好的律师保释。

对邦德而言,这个证据已经足够充分了。他是锄奸局的人,受过他们那种训练。他操控黑人地下世界,并把各种信息网络维持在巅峰状态!——对巫毒巫术和超自然的恐惧仍然深深地根植于黑人的潜意识!何等的天才,从一开始,他就掌握了严密监视下的整个美国交通系统:火车司机、搬运工、卡车司机和装卸工!牵涉其中的一系列关键人物都不知道他们回答的问题与苏联人有关。不出色的专业人士,只会猜在意这些货物信息和时间表会被卖给运输同行的竞争对手。

---

① 诺克斯堡,美国肯塔基州北部路易斯维尔市西南军用地,自1936年以来为联邦政府黄金储备的贮存处,其安保系统号称是无法攻破的。

Live and Let Die

邦德再次感到他脊背发凉,锄奸局这个冷酷高效的苏联机器,它的运转全靠暗杀和各种恐怖手段。

现在,在圣瑞吉斯酒店的卧室中,邦德晃了晃头,不耐烦地从床上跳起。这次他总算抓住一个锄奸局的人,可以对他进行打击。之前他只看过那人一眼,这一次将要和他面对面。该是让这个大先生死于荷马式屠杀的时刻了。

邦德走到窗前,拉开窗帘。他的房间朝北,面向哈莱姆区。邦德向北方地平线凝视了一会儿,那儿的另一个男人正在他卧室里睡觉,或者正在思考如何对待自己,他曾在酒店的台阶上见到过邦德与德克斯特在一起。邦德看着美丽的天空,笑了。没人会——大先生更不会——喜欢他脸上的表情。

邦德耸了耸肩,快速走到电话旁。

"圣瑞吉斯酒店。早上好。"一个声音说。

"接客房服务,谢谢。"

"客房服务?我想订早餐。半品脱橙汁,三个煎蛋,五分熟,加培根,双份加奶油的意式浓咖啡,吐司,果酱。明白了吗?"邦德说。

侍者向他重复了订单。邦德走进了客厅,拿起凌晨时已被轻轻放在门边的足有五磅重的报纸。他没有注意客厅桌上那一堆包裹。

下午之前,他不得不在联邦调查局的安排下做了些美国化的改变。裁缝来为他量身定做两件深蓝色轻质单排扣西装(邦德坚决拒绝更多);一个杂货商带来了凉快的白色尼龙衬衫,点状的花纹一直延伸到衣领。他不得不接受六条亮色有图案的超薄领带、六双奇幻时钟图案的深色袜子、两三条放在西装前胸口袋里的西装绢花，还有T恤和短裤、一件舒适的轻质驼毛大衣、配有窄黑丝绸带的纯灰色无边费多拉男士软呢帽、两双非常舒适的手工黑色软帮休闲鞋。

他还买了根华丽的鞭形领带夹，一个马克·克洛斯的鳄鱼皮皮包，一个样式简洁的都彭打火机，一个装有剃须刀、发刷、牙刷的旅行套装，一副配有平光镜片的牛角架眼镜，及其他各种零碎东西，最后，还有一个用来装所有这些东西的轻型"哈特曼牌"飞人旅行箱。

他被允许保留自己的贝瑞塔手枪、二十五发子弹和麂皮肩挎枪套，其他所有的东西都在正午时被收好并送到了牙买加。

他被理了一个军人发型，并被告知他是一个来自波士顿的新英格兰人，他从位于伦敦的担保信托公司办公室前来度假。他被提醒要求说"支票"而非"钞票"，说"出租马车"而不是"出租汽车"（这提醒来自莱特）并且避免使用两个以上的音节。（莱特建议说，用美国式的"是""不"和"确定"，可以应付任何美国的谈话）莱特补充说，绝不能说出口的英文单词是"的确"。邦德说，这个词不是他词汇的一部分。

此时的邦德冷冷地看着那堆包裹，里面有他的新身份。他脱掉了睡衣，冲了个冷水澡。刮脸时，他从镜子里审视自己的脸。他右肩上厚厚的黑发修剪了发尾，但没法掩盖他头顶至右脸颊的伤痕。尽管联邦调查局已经尝试了覆盖剂，他的灰蓝色眼睛中的冷漠和隐藏的愤怒也一样无法掩饰。但他有类似美国人的黑发和高颧骨，邦德想他可能会过关——除了遇到女人。

邦德裸着走到大厅,拆开一些包裹,穿上了白T恤和深蓝色的裤子,他走进起居室,把一把椅子推到靠近窗户的书桌边,打开帕特里克·李·佛摩的《旅客树》。

这本书是M推荐给他的。

"这是一个知道他在说什么的家伙写的,"他说,"别忘了,他写的是1950年的海地。这可不是中世纪的黑魔法,而是每天都在发生的事情。"

邦德翻到海地那部分。

"下一步,"他读道,"是伏都教万神殿邪恶的巫师们——如唐·佩德罗、巴卡娄和冉铎——所用的符咒,为了毁灭目标,他们施行法术把人变成僵尸以充作奴隶,摧毁敌人。法术的道具可能是一个小棺材或蟾蜍,往往加上几种毒药。开山鼻祖戈斯米夸大了那种迷信,他相信那些有某种能力的人能把自己变成蛇,或是变成吸血蝙蝠进行夜间飞行并吸食小孩的血液,或把自己变得很小像葫芦一样四下滚动。听起来更邪恶的是那些神秘犯罪组织的巫师——以海地英雄的毒药运动来命名的'马克坎达',以强盗命名的'左博普''曼扎夏''开珀瑞纳塔'和'韦林-宾丁古'。这是一帮神秘的家族,他们献祭的祭品——不是一只鸽子、一只山羊、一只狗,或者一只猪,而是'无角山羊',这'无角山羊',实际上就是人……"

邦德翻动书页,各种信息在他的脑海中结合并形成一个关于黑暗宗教及其可怖仪式的非同寻常的画面。

……慢慢地,震耳欲聋的鼓声让大脑一片空白,在这骚乱、烟雾和鼓声之外,断断续续地,仪式一项接一项开始。

……舞者踏着缓慢的舞步,非常缓慢地来回舞着,他们的下巴向前伸,臀部向上提,肩膀快速摇晃,眼睛半睁半闭,反复吟唱着令人费解的词汇和短行颂歌,每次从头开始时,音调会降低一个八度。在鼓的节奏变化中,他们挺直了身体,手臂在空中乱舞,眼睛则向上望着天空,上下旋转……

……在人群边缘,我们来到一间小屋,简直不比一间狗舍大。火炬的光束照见里面有一个黑色的十字架,一些破布、锁链、脚镣和鞭子——这些是用于瑾得节仪式①的辅助物,研究海地的民族学家将其与《死亡书》中记载的奥西里斯的亡灵复活仪式联系到了一起。火在燃烧,一对大铁钳竖立其中,其下半部分已经被烧得通红:据说这是象征正义与爱之女。

此外,石座上竖立着一个大大的黑色木制十字架。一个白人的头颅被摆在基座附近,横梁上吊着一件非常古老的晨礼服的袍子。十字架上还放着一顶破旧圆顶硬礼帽的帽边,通过裂开的皇冠,顶上的十字架的影子投射下来。这个图腾,是每个柱廊的必然装备,不是对基督教的讽刺,而是代表了对墓地之神和亡灵军,团还有领袖萨米迪男爵的崇敬。男爵的地位至关

---

① 瑾得节仪式,海地人会在亡灵日,也就是伏都教瑾得节这一天纪念亡者。伏都教这一传统与天主教万灵节有关。在午夜庆典中,人们会大声播放音乐以惊醒死神萨米迪男爵。参与者会穿上各种道具服装来引导下面世界的亡灵——瑾得们。人们还会把脸抹成白色以模仿死者。人们会去逝去的亲人的墓地并给萨米迪男爵献上烈酒等祭品。

重要。他就如同看守冥府的三头狗刻尔泊洛斯和冥府摆渡神卡戎,冥府三判官埃阿科斯,拉达曼提斯和普路托一样……

……鼓声变奏,巫师出来在场上跳舞,他们手里拿着一个燃放着蓝色和黄色火焰的器皿。他环绕着柱子,分三次泼洒,他的脚步开始摇晃。当他步履蹒跚时,信众抓住他,脱下他的凉鞋,解下他的裤子,头巾从他头上掉落,露出他年轻的毛茸茸的头颅。

其他信众把他们的手放进滚烫的污泥中,把污泥抹在他们的手肘和脸上。年轻牧师独自留下,仿佛看不见的拳头给了他重重一击,他倒在地上,躺在那里,头向后伸展,带着一种龇牙咧嘴的痛苦,他用一只手紧紧抓住放在空空如也的背上的另一只手的手肘使劲地拉,仿佛他在努力折断自己的手臂。他的整个身体颤抖不已,汗流浃背,他的眼睛现在睁得很开只有眼白可见,眼珠消失在眼睑下,嘴角冒着泡沫……

……现在,巫师以缓慢步子跳舞,挥舞着弯刀站在火上,他把武器一次又一次抛向空中,抓住它的柄。几分钟后他抓住弯刀后面。慢慢地舞着。

突然他的头向后一仰,把短剑刺进自己的喉咙。他双膝弯曲,头朝前跌。

……敲门声响起,服务员进来送早餐。邦德很高兴把可怕的故事放在一边,重新进入正常的世界。他花了几分钟来忘记在他阅读时包围住他的那种恐怖而神秘的沉重气氛。

和早餐一起送来的还有一个包裹,一尺见方,看上去价值不菲,邦德叫服务员把它放在餐具架上。他猜这是莱特送来的。他很享受地吃了早餐。狼吞虎咽之余,他从宽大的窗口望出去,回想他刚刚读的东西。

他吞下最后一口咖啡,点燃了他当天的第一支烟,他突然意识到自己身后房间里传来的轻微噪音。

这是一种温和的、低沉的金属嘀嗒声,不紧不慢,它来自餐具柜方向。

嘀嗒嘀嗒……嘀嗒嘀嗒……嘀嗒嘀嗒……

没有片刻的犹豫,没有在意他看来像一个傻瓜,他跳到扶手椅后面蹲下。他所有的感官集中在方形包裹中传来的声音。"镇定,"他对自己说,"别傻了,这只是只钟。但是为什么是一只钟?为什么要给我一只钟呢?谁送来的?"

嘀嗒嘀嗒……嘀嗒嘀嗒……嘀嗒嘀嗒……

房间的静默,衬得噪音越发明显。它似乎与邦德剧烈的心跳声保持着同步。"别慌。莱斯·法莫尔的那套伏都教的把戏把你搞得心烦意乱。那些鼓声……

嘀嗒嘀嗒……嘀嗒嘀嗒……嘀嗒……

然后,突然,闹钟响起,低沉,悠扬,紧急。

咚咚咚咚咚咚……邦德的肌肉放松了。他掉下的香烟把地毯烧了个洞。他把它捡起来,又放进嘴里。如果钟里真有炸弹,那么第一次打摇时,闹钟的锤就会击中雷管里的一根针,雷管点燃炸弹,轰……

邦德抬起头越过身前的椅子,看着那个包裹。

咚咚咚咚咚……

低沉的响声持续了半分钟,然后开始放缓。

咚……咚……咚……咚……咚……包裹炸了。

这声爆炸并不比12英寸炸药筒的声响大,但在封闭空间里这还是一次令人印象深刻的爆炸。

包裹炸成碎片,散落地面。餐具柜上的玻璃杯和酒瓶被震碎,它们背后的灰色墙面上有一团黑色烟熏的痕迹。玻璃碎片散落在地上。房间里充满了火药味。

邦德慢慢站了起来。他走到窗前打开窗。然后,他拨通德克斯特的号码,波澜不惊地说:"对,这爆了一颗炸弹……不,更小些……只炸坏了一些玻璃……好吧,谢谢……当然不是……再见。"

他避开碎片,越过小会客室,走到通往门边的通道,打开门,挂上"请勿打扰"的牌子,锁好门,然后走到他的卧室。

等他穿戴完毕时,有人敲门。

"谁?"他问。

"是我,德克斯特。"

德克斯特先走了进来,后面跟着一个面色灰黄的年轻人,胳膊下夹着一个黑盒子。

"特里普,来自拆弹组。"德克斯特告诉他。

他们握了握手,年轻人立刻跪在包裹烧焦的残余物旁。

他打开盒子,拿出橡胶手套和一堆镊子。用这些工具,他把烧焦的包裹从金属和玻璃碎片中提取出来,并把他们放在一大张从书桌里拿出来的吸墨纸上。

他一边工作,一边询问邦德发生了什么事。

"约半分钟的警报声?我明白了。这是什么?"他小心翼翼地提取了一个看似用于曝光胶片的小型铝容器,把它放在一边。

几分钟后他跪坐起来。

"半分钟的酸胶囊,"他宣布,"第一阵警报声击破外壳。酸腐蚀细铜线。三十秒后钢丝断裂,释放出柱塞帽。"他举起一个弹药筒的基座,"4英寸炸药筒,黑火药,无弹头。幸运的是,这不是一枚手榴弹。现在让我们来看看这个。"他打开铝容器,取出一个小纸卷,用小镊子打开。

他小心翼翼地把它平摊在地毯上,用从黑盒子里取出的工具压在它的四角。上面有三句用打字机打的句子。邦德和德克斯特向前倾身。

"这只时钟的心脏已经停止嘀嗒作响。"他们读道,"你的心脏也将停跳。你的死期将至,我已经开始倒数。"

消息署名"1234567……"

他们站了起来。

"嗯,"邦德说,"可怕的家伙。"

"但他怎么知道你在这里呢?"德克斯特问。

邦德告诉了他关于55街的黑色轿车的事。

"关键是,"邦德说,"他怎么知道我此行的目的?这说明他在华盛顿耳目众多,肯定有一个大峡谷般的漏洞。"

"为什么是华盛顿?"德克斯特不耐烦地问,他控制住自己勉力一笑,"无论如何,这很糟,我必须向总部报告。再会,邦德先生。很高兴你没有受伤。"

"谢谢,"邦德说,"这只是一张邀请卡。我必须回应这问候。"

第四章　大总机

德克斯特和那位同事，带着炸弹的残骸走了。邦德拿了一条湿毛巾，擦去墙上的烟熏痕迹。然后他叫了服务员，没做任何解释，只告诉他把一地的碎玻璃扫进撮箕再撤掉早餐。然后，他穿上外套，戴上帽子，走到街上。

整个上午他都在第五大道和百老汇之间漫无目的地游荡，看看商店橱窗，又看看过往的人群。他闲散的步态与乡下来的游客越来越像，他试着到几家商店和售货员打交道，又向几个人问了路，他发现没有人注意他。

他在列克星敦大道一家名为"格洛瑞·弗莱德·汉姆－N－鸡蛋"（"我们明天供应的鸡蛋现在仍在母鸡肚子里"）的小吃店吃了一顿典型的美国午餐，然后乘出租车市到警察局总部，他与莱特及德克斯特约好两点半在那儿碰头。

凶杀组的宾斯万格中尉年近四十，是位多疑易怒的官员，他告诉邦德，莫拉罕专员曾表示警察部门将与他们进行通力合作。警方能为他们做些什么呢？警方检查了大先生的记录，或多或少地重复了德克斯特的信息，然后他们又看到了大先生大部分已知同事的记录和照片。

他们检查了美国海岸警卫队服务处关于塞卡特尔号游艇的航程报告以及美国海关服务处的报告。每次此船停靠在圣彼德斯堡他们都对其密切关注。

这些记录证实了游艇在过去六个月内常常不定期出现。它总是停在圣彼德斯堡港的"衔尾蛇蠕虫和诱饵货运股份有限公司"的码头。这公司显然是无辜的，其主要业务是向全佛罗里达、墨西哥湾和更远的地方的钓鱼俱乐部出售活诱饵。该公司还有一个利润可观的副业——向室内装饰业出售贝壳和珊瑚，以及一个衍生副业——向医学和化学基金会的研究部门出售热带鱼（特别是稀有有毒物种）。

据公司所有者——一个来自邻近的塔彭斯普林斯的希腊裔海绵采集潜水员——介绍，塞卡特尔号潜艇确实与他的公司做了一笔大生意，从牙买加引进女王螺、其他贝壳及各种非常珍贵的热带鱼。这些货物被衔尾蛇股份有限公司购买后存放在他们的仓库，散装出售给海岸各处的批发商和零售商。这个希腊人的名字叫帕帕戈斯，没有犯罪记录。

美国联邦调查局，在海军情报部门的帮助下，曾窃听过塞卡特尔号的无线信号。但它只有在从古巴和牙买加起航之前发了几条短消息，其他时间一直是沉默的。这些消息译出后是一种未知的语言并且所用密码完全无法破译。这份文件的最后一段说到很可能执行者使用了秘密的伏都教语言，联邦调查员要尽一切努力在其下次航行前雇用一位来自海地的语言专家。

从街对面的鉴证科走回他办公室时，宾斯万格中尉宣布："最近出现了更多金币，仅哈莱姆和纽约区就有一百多个金币出现。想要我们做什么呢？如果你是正确的，这些是苏联人的基金，那他们很快就会行动了，而我们什么也干不了。"

"长官说先观望，"德克斯特说，"希望我们不久就会看到一些行动。"

"好吧，这案子归你管。"宾斯万格不情愿地说，"但专员肯定不想让这个浑蛋这样在他的地盘搅局，让在下风处的华盛顿的胡佛先生刚好闻到他的臭味。我们为什么不以逃税、滥发邮件或在消防栓、加油道前乱停车的名义把他弄进来呢？如果联邦政府不这样做，我们很乐意效劳。"

"你想要挑起一场种族骚乱？"德克斯特酸溜溜地表示反对，"这些事扳不倒他，你知道这一点，我们都知道这一点。如果他半小时后没在他那个黑人代言人的陪同下出现，从这里到南方腹地的巫术鼓都将响起。当他们全神贯注于那套把戏，我们都知道会发生什么。还记得35号和43号案子吗？你不得不打电话给国民军。我们不能把局面弄成那样。总统把这案子给了我们，我们必须坚持下去。"

他们回到宾斯万格单调的办公室，拿起外套和帽子。

"无论如何，谢谢你的帮助，上尉。"当他们告别时，德克斯特极为勉强地说,"我们受益匪浅。"

"别客气,"宾斯万格冷冷地说,"电梯在你右手边。"然后他坚定地关上了门。

莱特向德克斯特背后的邦德眨了眨眼,一行人沉默地走到中央街的主入口。

在人行道上,德克斯特转向他们。

"今天早上从华盛顿发来一些指令,"他面无表情地说,"看来我得去给哈莱姆的案子收尾,你们两个明天去圣彼德斯堡。看看莱特可以在那儿做些什么,然后你和莱特一起去牙买加,邦德先生。也就是说,"他补充说,"让不让他跟你一道,你自己做主。"

"当然,"邦德说,"我正想问他能否过来帮我。"

"很好,"德克斯特说,"那我就告诉华盛顿所有事情都定下来了。有什么我可以帮忙的吗?当然,我负责与联邦调查局和华盛顿方面的一切联络。莱特有我们在佛罗里达州的人的名字,知道联络信号这些事。"

"如果莱特有兴趣,而你又不介意的话,"邦德说,"我非常想今晚去哈莱姆看看,这对我了解大先生的后院非常有帮助。"

德克斯特考虑片刻。

"好吧,"他最后说,"也许没坏处。"

"但不要露面太多,不要受伤。"他补充道,"那儿没人来帮你。不要给我们添太多麻烦,时机还不成熟。到目前为止,我们对大先生的政策是和平共存。"

邦德疑惑地看着德克斯特上尉。

"在我的工作中，"他说，"如果我碰到这样的人，我的座右铭就是'你死我活'。"

德克斯特耸了耸肩。"也许，"他说，"但是在这儿你归我管，邦德先生，如果你能理解我们的政策我会很高兴。"

"当然，"邦德说，"谢谢你提供的帮助。祝你好运！工作顺利！"

德克斯特拦了一辆出租车，与他们握手道别。

"再见，小伙子们，"德克斯特说，"活着回来。"他的出租车与下班回家的车流汇集到一起。

邦德和莱特相视一笑。

"我得说他是个能干的伙计。"邦德说。

"他们都这样，"莱特说，"有点妄自尊大。非常在意他们的权力，总与我们或警察争吵。我猜你在英格兰也遇到过很多同样的问题。"

"当然，"邦德说，"我们一直与军勤五处摩擦不断。他们总是踩苏格兰场政治保安处的痛脚。"他解释道，"好吧，今晚去哈莱姆怎样？"

"正有此意。"莱特说，"我先把你送回圣瑞吉斯酒店，然后六点半回来接你。一楼国王科尔酒吧见。我猜你想看一眼大先生。"他咧嘴一笑，"我也一样，但我不会告诉德克斯特。"说完他伸手招来一辆黄色出租车。

"圣瑞吉酒店。55 大道 5 号。"

他们上了车，暖气过热的车厢里还弥漫着上周残留的雪茄烟臭味。

莱特摇下一扇窗。

"你想干吗?"司机耸了耸肩,"让我得肺炎吗?"

"正是如此,"莱特说,"如果这能拯救我们脱离这毒气室。"

"自作聪明的家伙!"司机咬牙切齿地说,他从耳背后面取出一支雪茄举起来,"三支25美分呢。"他以一种受到伤害的情绪说。

"最多24美分。"莱特说。剩下的路程三人在沉默中度过。

他们停在酒店前,邦德上去他的房间。已是下午四点。他让接线员六点打电话给他。他从卧室的窗户朝外望了一会儿。在他左边,晚霞如火、夕阳如金。金光照在摩天大楼上,把整个小镇点缀得如同金色的蜂巢。街道上是霓虹闪烁的河流,深红色、蓝色、绿色。风在薄暮中凄凄作响,衬得房间更温暖、安全和奢华。他拉开窗帘,旋开了柔和的床头灯,脱下衣服,钻进波盖勒细棉布床单。他想到伦敦街头凄冷刺骨的天气,想到总部办公室中嘶嘶作响的煤气取暖炉隐隐的温暖,想到他在伦敦最后一天在酒吧路过的粉笔写的菜单:"巨型蟾蜍 & 两份蔬菜"。

他舒展了一下身体,很快就睡着了。

在哈莱姆那部大型电话大总机台前,接线员"低语者"正听着赛马新闻打瞌睡。所有的线路都是安静的。突然主板右边的一个灯亮了——一个重要的灯。

"是的,老板。"他在头戴式耳机里轻声说。就算他想要大声一点也不能。他出生在"肺块"——第七大道142街,该地肺结核死亡率是纽约其他地区的两倍。如今,他只剩下一部分肺。

"告诉所有的眼线,"缓慢而低沉的声音响起,"从现在起注意三个男人。"接下来是对莱特、邦德和德克斯特的简要描述,"他们可能会在今晚或明天到。特别注意第一、第八和其他大道。还有夜总会,以防他们混进来。不要惊动他们。确定位置后给我电话。明白了吗?"

"是,老板。"低语声变得呼吸急促。声音安静下来。接线员打开所有线路,很快总机上的灯全亮了起来。他的声音立即传遍了哈莱姆的每一个角落。

六点钟邦德被电话的温和响声惊醒。他冲了冷水澡,精心打扮了一番。他穿上华丽的条纹领带,让大手帕的宽边自胸袋里伸出。他把麂皮枪套戴在衬衫外面左腋下3英寸的位置。他转动贝瑞塔手枪的弹匣,把八颗子弹全倒在床上。然后把它们一粒粒装回弹匣,关上保险栓,塞进皮套。

他拿起一双鹿皮休闲鞋,感受了下它们的鞋尖,掂了掂它们的分量。然后他钻到床下,取出一双自己的鞋子,这是 FBI 从他那儿拿走那个放满他各种东西箱子的那天上,他小心地藏起来的。

他穿上它们,感觉这装备能让他更好地面对晚上的各种突发状况。

皮革下,鞋尖处内衬钢板。

六点二十五分,他去国王科尔酒吧,在入口附近靠墙的地方选了一张桌子。几分钟后,菲力克斯·莱特走了进来。邦德几乎没有认出他来。他浅黄色蓬松的头发如今变得乌黑,他穿着耀眼的蓝色西装、白色衬衫,打着一条黑白圆点领带。

莱特笑着坐了下来。

"我突然决定要认真对付这些人。"他解释道,"这东西只是一种染发剂,明天早上就会掉色了。"他补充道。

莱特要了一杯加一片柠檬皮的半干马提尼。邦德要了杜松子酒和罗西马提尼。美国的杜松子酒劲头远高于英国杜松子酒,邦德觉得喝起来有些太烈了。他事后回想那天晚上喝酒应更谨慎。

"我们必须继续我们的行程,下一步我们去哪里?"

菲力克斯·莱特回应他的想法说:"现在的哈莱姆有点像一个丛林。人们不像过去那样经常去那儿。战前,每晚结束之前,人们总是常常去哈莱姆,就像巴黎人去蒙马特一样。他们乐于在那儿花钱。人们过去常常去萨沃伊舞厅看跳舞。冒着进医院的危险去挑一个黑白混血儿。现在一切都变了。大部分的地方已经关闭,你去那儿得经过别人的默许。可能仅仅因为你是白人就会挨揍。从警察那儿也得不到任何同情。"

莱特从他的马提尼中取出柠檬并若有所思地咀嚼着。酒吧很快挤满了人。莱特忍不住想到这温暖而友善的气氛很快会被某个黑人娱乐场所那敌意的、令人震惊的气氛取代。

"幸运的是,"莱特继续说,"我喜欢黑人,他们也莫名其妙地知道这一点。我以前是半个哈莱姆区迷。我为《阿姆斯特丹新闻》写过几篇关于迪克西兰爵士乐的评论。当奥森·威尔斯与他的全黑人阵容在阿法叶特演出《麦克白》时,我曾为北美报业联盟写过一系列黑人戏剧报道。所以我知道他们会怎么对待我。我佩服他们在这世界上的生存方式,但上帝知道,我也说不清这结局会是什么样。"

他们喝完了饮品,莱特叫来侍者埋单。

"当然也有一些坏家伙,"他说,"一些世界上最坏的家伙。哈莱姆是黑人世界的首都。在任何超过100万人的种族里,总会发现一些庸俗下流的家伙。麻烦在于,我们那位朋友大先生是个老手,他在美国战略情报局和莫斯科受过训练。他的组织一定非常严密。"

莱特付了账,耸了耸肩。

"我们走吧,"他说,"我们去找些乐子,但得毫发无伤地回来。当然,就算出了事,也是我们必须付出的代价。我们得乘公共汽车去第五大道。天黑以后,你不会找到任何一辆愿意去那儿的出租车。"

他们走出温暖的酒店,走到几步开外的巴士站。

天正在下雨。邦德拉高他的上衣领子,凝视右手边的大道,看向中央公园,看向大先生居住的黑暗城堡。

邦德的鼻尖被微微冻红了。他渴望跟莱特进入敌人的大本营。他感到充满力量,踌躇满志而自信。夜晚如同一本大书,正等着他打开并一页一页地、逐字逐句地阅读。

在他眼前,瓢泼大雨倾泻而下,未启封的黑色信封上的斜体字暗藏着即将到来的未知命运。

Live and Let Die

第五章　黑人天堂

第五大道和教堂大道转角处的公共汽车站,三个黑人静静地站在路灯下。他们看起来已经浑身湿透并显得很烦躁。从四点三十分的电话以来就一直盯着第五大道的交通道。

公共汽车从雨中开过来停下并发出巨大的刹车声。其中一人说:"你上这辆,胖子。"

"阿姆跟上。"身穿橡胶防水衣的魁梧的黑人说。他把帽子压下来遮住眼睛,上了车,投币后朝车厢里走,扫视乘客,看到这两个白人,他眨了眨眼睛,直接坐到他们身后的座位上。

他从背后审视他们的脖子、外套、帽子和轮廓。邦德坐在窗户旁,黑人通过玻璃反射看见了他的伤疤。

这个黑人站起来,走到公共汽车的前部,没有回头,在下一站立刻下了车,直奔最近的药店打电话给接线员低语者。

低语者小声地紧急询问之后，便挂断了电话，转身插上插头接通总机。

"什么事？"低沉的声音响起。

"老板，其中一个目标刚到第五大道——那个有疤痕的英国佬。还有一个与他同行的朋友，但他似乎并不符合另外一个目标的特征。"低语者传递了对莱特的一个精确描绘，"他们两个人正朝北走。"他提供了公交车车牌号和到达哈姆来的停靠时间。

"好。"低沉的声音说，"取消其他街道上的所有眼线。注意一下夜总会，通知嘿嘿约翰逊、迈克金、大嘴巴弗利、山姆·迈亚和法兰绒……"

这个声音说了五分钟。

"明白我的意思吗？重复一遍。"

"是的，老板。"低语者说。他瞥了一眼他的速记便签，流利地低声复述，没有任何停顿。

"很好。"线路突然断了。

低语者的眼睛亮了，抓起一堆插头，开始向这个小镇传递老板的命令。

从邦德和莱特出现在第七大道123街的休格·雷夜总会的天棚底下那一刻起，便有一帮男男女女在盯梢他们，并轻轻地向河畔交换总机上的低语者报告，传递他们的一举一动。在这样一个他们自动成为关注焦点的世界，邦德和莱特都没感觉到他们周围隐藏的庞大机器以及这紧张的局势。

在这个著名的夜总会，长吧台前已坐满了人，但靠墙的一张小桌是空的,邦德和莱特挤进这个座位,一张狭窄的桌子隔开了他们。

他们叫了兑苏打水的苏格兰威士忌——小瓶黑格威士忌。邦德看着人群,这里几乎都是男人,有两三个白人,邦德猜他们是拳击迷或纽约体育专栏的记者。夜总会气氛热烈,噪音分贝比市中心高,墙上满是拳击照片,主要是休格·雷·罗宾逊和他参加的伟大赛事的照片。这是一个令人愉快的地方,适合谈大生意。

"休格·雷是个聪明的家伙。"莱特说,"希望我们都能像他一样知道时机来临时该在何时急流勇退。他躲得远远的,现在又增持了音乐厅的股份。他在这个地方占的股份一定价值不菲,在这附近很多房地产也是他的。他仍然在努力工作,但不是那种会打爆眼球或脑溢血的工作,他趁自己还活着时辞职了。"

"他也可能会回去并失去这一切。"邦德说,"如果我现在辞职,去肯特的水果农场,我很有可能遭遇自泰晤士河冻冰以来最严酷的天气,变得一贫如洗。人不能计划一切。"

"一个人能尝试,"莱特说,"但我知道你的意思:比起火焰,你更了解煎锅。坐在舒适的酒吧喝优质威士忌,这生活确实不错。你喜不喜欢咱们这个角落?"他向前倾斜,"听听你背后那对的谈话。我刚才听他们说从'黑人天堂'出来。"

邦德仔细看了看自己肩后。他身后的座位坐着一个年轻英俊的黑人,身穿昂贵带垫肩的西装,懒洋洋地背靠着墙,一只脚搭在旁边的长凳上。那人在用一柄硬质袖珍剪刀剪左手的指甲,偶尔瞥一眼吧台上庸俗的卡通画装饰。他的头就枕在邦德背后的沙发靠背上,散发出隐隐的昂贵的发乳的气味。(邦德的头发曾被人用剃刀分成两片。邦德的直发应归功于他母亲自童年起不断用热梳子给他梳头。)纯黑色丝绸领带和白衬衫显示出他品位高雅。

在他对面,身体前倾,漂亮脸蛋上显出关注的,是一个有着白人血统的、性感娇小的黑人姑娘。墨黑的头发,光滑的波浪卷发就像是最好的美发师烫出来的,一张甜美的杏仁型脸上有着妩媚的双眼和细细的眉毛。她微张的深紫色性感嘴唇衬着古铜色皮肤。她身穿黑色绸缎紧身晚礼服,紧紧地包住并勾勒出她结实而小巧的乳房。她脖子上戴着一条纯金项链,两只手腕上各戴一只纯金手镯。

她正在焦急地恳求着什么,没有注意邦德的目光。

"听,看看你是否能理出头绪,"莱特说,"这是最真实的哈莱姆——带着许多纽约元素的美国南方腹地。"

邦德拿起菜单,斜靠着沙发,装作在研究标价 3.75 美元的特制炸鸡套餐。

"来吧,亲爱的。"女孩哄他,"为什么你今晚的一举一动都这么低落呢?"

"喔,"那人阴沉地说,"为什么你不能让我安安静静地享受这宁静呢?"

"你是想要我走开吗,甜心?"

"悉听尊便。"

"噢,甜心。"女孩恳求,"别生我的气,甜心。啊,也许我该带你到矮子天堂去,看他们挥舞拳头。侍应生布雷迪·约翰逊曾向我保证下次去一定会有拳击赛。"

男人的声音突然尖锐起来:"嘿,那个布雷迪是什么意思?"他怀疑地问。"确切地说,"他停顿了一下,让这个重要的词被完全理解,"准确说,你和他睡觉了,也许?你和布雷迪·约翰逊之间那点破事,给了我一个更好的目标。"他充满威胁意味地停顿了一下,"随时能找到。"他补充道。

"噢,亲爱的,"女孩焦虑,"别说这种话气我。我从来没做过让你丢脸的事。亲爱的,你知我不可能看得上布雷迪·约翰逊。没有,亲爱的。他对我来说什么都不是。他承诺给我们提供最好的包厢,让我们坐下来喝杯啤酒,共度一段美好的时光。来吧,甜心。我们一起去吧。你看上去这么棒,我从来没见过你像今天这么帅。"

"你看起来也很美,小辣椒。"那人说,口气随之变得柔和,"我没有什么证据,但你最好在我撕破那杂碎的时候闭上眼睛。"

"当然,亲爱的。"女孩兴奋地低语。

邦德听到男人的脚划过座位站在地上。

"来吧,宝贝,我们走。"

邦德放下手中的菜单。"就这些。"他说,"看来他们感兴趣的事情和其他人一样——性、玩乐。他们可不是绅士。"

"很多人都是这样。"莱特说,"哈莱姆充斥着社会区隔,和其他大城市一样分阶层,只是肤色不同。来吧,"他说,"我们点些东西。"

他们喝完饮料,邦德埋单。

"今晚我请客,"他说,"我刚发了笔小财,我带了300美元。"

"正合我意。"莱特说,他知道邦德一到美国就有上千块的进账。

当侍者拿起找零，莱特突然说："知道今晚大先生在哪儿操盘吗？"

服务员转了转眼，他向前倾，用餐巾纸擦桌子。

"先生，我有妻子儿女。"他咕哝着说，把杯子堆在盘子里，回到了吧台。

"大先生得到了最好的保护层，"莱特说，"恐惧。"

他们出去到第七大道。雨已经停了，但"霍金斯"——这刺骨的风来自北方，当地黑人用尊敬的"霍金斯来了"来问候它——已经到来，使得街道上通常拥挤的人潮消失不见。莱特和邦德随那一对舞伴走上人行道。他们的外表使得他们得到的大多是轻蔑或明显的敌意。一两个人在他们经过时向阴沟吐口水。

邦德突然感觉到莱特告诉过他的那番话的含义。他们擅自闯入了别人的地盘，是不受欢迎的人，战争期间他在敌后工作的时候他感到不安，对这种不受欢迎深有体会，他耸耸肩，想甩掉那种感觉。

"我们去马弗雷泽路，下一条街。"莱特说，"那儿有哈莱姆最棒的餐馆，或者至少曾经有。"邦德注视着商店橱窗。

他对众多的理发店和美容店感到迷惑，他没想到有这么多家。它们都贴着各式各样的直发机广告——"阿佩克思·格洛萨缇娜，供热梳子使用""柔滑斯特拉特，发丝不发红，不烧焦"——或漂白皮肤的"灵丹妙药"。仅次于理发店的是男子服饰店，里面摆满了古怪的男式蛇皮鞋、小飞机图案的衬衫、宽条纹的萝卜裤和阻特装。

所有的书店都摆满了教育文献和漫画书。有几个商店专门卖幸运符和各种神秘主义书籍,比如"有史以来最奇怪的书"《力量的七把钥匙》,配有如下广告词:"以缄默之舌颂扬你的欲望"。"能向任何人身上投射咒符,无论他在哪里""所有何人都爱你"等等。咒符类书籍有诸如《征服者祖师高约翰》《招财进宝精油符》《香囊粉专卖符》《熏香,驱邪符》《幸运手的魔力,免受邪灵侵扰》和《混淆和迷惑敌人符》。

"我很高兴我们来到这儿,"邦德说,"我开始熟悉大先生的行事风格。在英国这样的国家不可能了解这一切。当然我们那儿的人非常迷信,特别是凯尔特人,但这里完全不同。"

莱特嘟囔了一声。"我很乐意回到我的床上,"他说,"但在决定如何扳倒他之前,我们需要先掂掂这家伙的分量。"

"马弗雷泽是一条很有意思的街道。他们有一种很好的食物:小颈蛤蜊和马里兰炸鸡,加培根和甜玉米。我们一定要去吃。"莱特说,"这是民族菜。"

温暖的餐馆非常雅致。服务员们似乎很高兴看到他们,并为他们指出各种到访过的名人,但当莱特问到一个关于大先生的问题时,服务员充耳不闻。随后他一直远离他们,直到他们埋单。

莱特重复了这个问题。

"对不起,先生,"侍者简洁地说,"我没听过这个名字。"

他们离开餐厅的时候是 10 点半,大街上几乎空无一人。他们打了一辆出租车到萨沃伊舞厅,点了一杯兑苏打水的威士忌,看舞蹈表演。

"大多数现代舞蹈是在这里发明的。"莱特说,"林迪舞、塔克金舞、苏茜 Q 舞、赛罗克舞都始于那个舞池。你曾经听说过的每个美国大乐队都为曾在这儿演奏而自豪。这里曾来过艾灵顿公爵、路易斯·阿姆斯特朗、卡柏·加洛韦、诺布尔·西斯莱、弗莱彻·亨德森。这是爵士乐和摇摆舞的圣地。"

他们在环绕巨大舞池的栏杆边找到一张空桌子。邦德被迷住了,他发现大多数女孩都很漂亮。他的脉搏随音乐一起跳动,直到他几乎忘记他为何来这里。

"不错吧?"莱特说,"我可以整晚待在这里。不过我们最好换个地方,否则我们会错过矮子天堂舞厅。那里与这儿很相似,但里面的人不在同一层次。那之后我再带你去背靠第七街的'嘿,兄弟'酒吧。之后,我们换到大先生自己的娱乐场所。问题是,他们到午夜才开门。我要去一趟洗手间,你埋单。看看我能否得知今晚在哪儿能找到他的线索。我们可不想去转遍他所有的地盘。"

邦德付了账,与莱特在楼下狭窄的入口大厅会合。

莱特领着他出来。他们走到街上叫出租车。

"花了我 20 元,"莱特说,"但据说他会在勒诺克斯大道上的'墓地'酒吧。那儿非常接近他的总部,是城里最热闹的地带。走,我们先去'嘿,兄弟'酒吧喝一杯,听会儿钢琴曲,十二点半左右出发。"

现在的大总机离他们只有几个街区,过了高峰期,除了报告邦德二人的行踪外几乎是安静的。两人到达并进出了休格·雷夜总会,马弗雷泽路和萨沃伊舞厅。午夜时分,他们进入"嘿,兄弟"酒吧。十二点半时打进来最后一通电话,然后总机沉默了。

大先生拿起电话,首先叫来了领班。

"两个白人男子会在五分钟后进来。给他们Z桌。"

"是的,老板,"领班说。他匆忙穿过舞池走到右边一张被一根柱子遮挡了的桌子。这张桌子在服务入口旁,视野很棒,能看到对面的舞池和乐队。

此刻它被四个人占了,两男两女。

"对不起,"领班说,"出了点差错。这张桌已被从市区来的新闻记者预订了。"

其中一个人开始争论。

"换个位子,小伙子。"领班干脆地说,"洛夫蒂,带他们到F桌,酒水免费。山姆,"他示意另一个服务员,"收拾桌子。铺双层桌布。"四个人为了免费酒水而放低了姿态,听话地走了。领班在Z桌上放了一个订座标志,看了看,然后回到他的座位上。

与此同时,大先生又打了两通电话。一通给酒吧主持人。

"表演结束后关灯。"

"是,老板。"酒吧主持人立刻答道。

另一通电话是给正在地下室玩掷骰子赌博的四个人,大先生的指示很详细,通话时间很长。

第六章　Z桌

十二点四十五分,邦德和莱特付了他们的出租车费,走到紫色和绿色霓虹灯环绕的"墓地"酒吧标志下。

推开回转门,拉开沉重的窗帘,重金属节奏和汗味撼动了他们。衣帽间小姐的眼睛闪闪发光,向他们热情致意。

"先生,请问您有预定吗?"领班问。

"没有,"莱特说,"我们不介意坐吧台。"

领班看了看他的桌子订座单,像是做了个决定似的,用铅笔在订座单上坚定地画了一笔。

"他们还没来。总不能整晚都保留他们的预定。这边请。"他高举卡片,带他们穿过拥挤的舞池走到正桌,拖出两把椅子中的一把,取掉了"订座"标识。

"山姆,"他叫服务员过来,"给客人点餐。"然后就走开了。

两个人点了加苏打水的苏格兰威士忌和鸡肉三明治。

邦德闻了闻。"大麻。"他评论道。

"大部分爵士迷抽大麻过瘾,"莱特解释道,"大多数地方都禁止出售。"

邦德环顾四周。音乐停了,四人小乐队(单簧管手、低音提琴手、电吉他手和鼓手)正从对面的角落里出来。深红色的灯关掉后,十几对舞伴从玻璃舞池走回他们的桌子。屋顶细细的光柱打在彩色玻璃摇滚球上——比足球大,间隔着挂在墙上,它有不同的颜色,金色、蓝色、绿色、紫色、红色。随着光束的照射,它像彩色的太阳般绚丽夺目,映在黑色的墙上和那一张张汗流浃背的黑色面孔上。有人坐在两盏灯中间,脸颊呈现出不同颜色,一边绿,另一边红。灯光使得人脸无法分辨,除非他们距离只有几英尺远。一些光把女孩的口红变成黑色,另一些光从一边以温暖的光辉照亮人们的整张脸,又让其他人像浮尸般惨白。

整个场景令人毛骨悚然而又充满动感,就像埃尔·格列柯的画:月光下燃烧着的小镇上被掘开的墓地。

舞厅并不大,约60平方英尺,却有50张桌子,客人们挤在一起,像是罐装乌榄。天气很热,空气中弥漫着烟味和甜香,以及200个黑人身体的野性的味道。噪音大而恐怖——黑人们吵吵嚷嚷地大声交谈,享受自己的毫无节制,不时地尖叫、吼叫和大笑无所顾忌地彼此招呼对方的声音响彻整个房间。

"甜心基苏丝,看看谁来了……"

"你一直躲在哪儿,宝贝,从哪里过来?"

"上帝做证。这是平卡斯……嗨！平卡斯……"

"过来……"

"让我……让我,悄悄告诉你……"（捆耳光的声音）

"GG 在哪儿。来吧 GG,开始表演你的把戏吧…………"

时不时地,一个男人或女孩会冲到舞池里大出风头,开始独自演奏。其他人会跟着节奏起舞,会有一阵嘘声和口哨声。如果是一个女孩,时常会有人喊"脱、脱、脱""热起来吧,宝贝！""跳起来吧,跳起来。"酒吧主持人会在呻吟声和嘲笑声中出来清理舞池。

邦德的前额开始冒汗。莱特俯下身来挡住他的手。"三个出口:前面、我们身后服务口、乐队背后。"邦德点点头。在那一刻他觉得这无关紧要。这一切对莱特而言没什么新鲜,但对邦德而言,这是窥视大先生工作原生态的一个特写镜头。这个夜晚逐渐充实和丰满了他在伦敦和纽约读过的档案。即便这个夜晚结束,不能近距离接触大先生本人,邦德还是觉得不虚此行。他喝了一大口威士忌。一阵热烈的掌声响起,酒吧主持人来到舞池中央,他是一个扎马尾、扣眼里别着一支红色康乃馨的高大黑人。他站起来,举起手。一束白色的光打在他身上。房间的其余部分变暗了。

全场静默。

"伙计们,"酒吧主持人宣布,嘴里的金牙和白牙闪闪发光,"压轴戏来了。"

热烈的掌声。

他转向舞池左边,与莱特和邦德面对面。

他伸出他的右手,指向另一个地方。

米斯塔赫·江格雷斯·贾费特和他的鼓。

一片喝彩声、嘘声、口哨声。

四个露齿而笑的黑人,身着橘红色的衬衫和白色喇叭裤子,蹲跨在四个生牛皮绷成的圆锥形大鼓上。鼓的大小各不相同,黑人们都瘦削而纤细。跨坐在低音鼓上的鼓手一下子仰起头来向观众挥手。"来自海地的巫毒鼓手。"莱特小声说。

一阵静默,鼓手们开始用指尖敲出一种缓慢而破碎的拍子,这是一支软伦巴舞曲。

"现在,朋友们,"酒吧主持人宣布,仍然转向鼓手,"GG……"他停顿了一下,吼出最后一句,"GG 苏门答腊。"他开始鼓掌,房间里一片沸腾,狂热的掌声点燃了气氛。鼓手背后的门突然开了,两个腰缠金腰带的大个子黑人抬着一个娇小的姑娘冲到舞池中,她的手臂圈在他们的脖子上。她的脸完全笼罩在黑色鸵鸟羽毛斗篷中,眼睛戴着一副黑色面具。

他们在舞池中央把她放下来。

他们跪拜在她两侧,直到他们的额头抵地。她向前走了两步。聚光灯打在她身上,两个黑人融进阴影,退到门里。

酒吧主持人已经不见了。舞池绝对的静默,低低的鼓声突然响起。

那女孩把手放在喉咙上,一拉黑色的羽毛斗篷的带子,斗篷像一把黑色扇子一样立在地上散展开来,如同孔雀的尾巴一般。除了小小的黑色蕾丝三角裤、乳房上的黑星亮片和眼睛上的黑色面具,她几乎是全裸的。她的身体很小，很结实，古铜色，完美之极，在白光中闪闪发光。

观众们沉默了。鼓声开始加快节奏。低音鼓节奏完美契合人的脉动。女孩裸露在外的肚皮开始适时随节奏慢慢旋转。黑色羽毛再次扫过她的背，她的屁股随着低音鼓开始摆动。她身体的上部保持不动。她一面移动黑色羽毛的衣服，一面开始移动脚和肩。鼓声更加高亢。她身体的每个部位似乎遵从着不同的节奏。她的牙齿轻轻咬住嘴唇。她的鼻子开始翕动。她的大眼睛透过面具扑闪扑闪。这是一个性感尤物——诱惑，是邦德唯一能想到的词。

鼓点响得更急，节奏复杂交错。女孩把羽毛服扔到地板上，双手举过头顶。她的整个身体开始抖动。她的肚皮抖得更快。一圈又一圈，不停旋转。她的双腿叉开，她的臀部开始大幅旋转划圈。突然，她摘下贴着黑星的右边胸罩，扔进了观众席。观众们发出第一波尖叫和咆哮。

然后他们沉默了。她摘下另一只胸罩。人群再一次咆哮，然后又沉默下来。鼓声如同天空中的惊雷，鼓手们大汗淋漓，双手急速拍打。他们眼睛凸出，表情冷淡。他们的头微微偏向一边，就像他们在倾听灵感。他们几乎不看那女孩。观众们轻轻喘息，目光模糊。

她现在全身汗水闪烁。她的乳房和肚皮闪闪发光。她剧烈抖动着全身。她的嘴轻轻张开，尖叫起来。她的双手在她身上游走，突然撕裂蕾丝三角裤，把它扔进了观众席。她身上只剩一条黑色丁字裤。鼓声掀起了性感节奏的飓风。她又轻声尖叫，然后她手臂前伸保持平衡,开始降低身体,在地板上起伏,越来越快。邦德可以听到观众们气喘吁吁,咕哝发出猪猡一般的声音。他不自觉用手攥住桌布,嘴唇发干。

观众开始向她呼喊:"来吧,GG宝贝,脱掉它。折磨人的小妖精。"她把头埋入膝盖,随着节奏缓慢变低,她也进入最后一系列的战栗,轻轻地呻吟。

鼓点缓慢下来,变成慢慢的咚咚声。观众对着她的身体号叫。不堪入耳的猥亵声从房间的不同角落传出。

酒吧主持人来到舞池。一个光点罩住他。

"好吧,伙计们,好吧。"他面上的汗水流到下巴,伸开双臂做出投降的样子。

"GG同意了!"

观众席传来高兴的号叫。"脱掉它,GG。展示你自己。来吧来吧。"

鼓声轻轻咆哮。

"但,"朋友们,酒吧主持人喊道,"她害羞了——熄灯!"

观众发出失望的呻吟。整个房间笼罩在黑暗之中。

肯定又是老一套,邦德心想。

突然他所有的感官都警觉起来。观众们的咆哮声一下子消失了。与此同时,他感到脸上的冰冷空气。他感觉自己在往下沉。

"嘿,"莱特喊道。他的声音很近但听起来很空。

上帝!邦德想。

他的上方有什么东西合拢起来。他把手放在身后。感觉到背后1英尺左右的墙在移动。

"开灯。"一个声音平静地说。

他的两只手臂都被抓住了,他被压在椅子上。

邦德对面,依然是那张桌子旁,坐着莱特。一个大个子黑人反拧着他的双肘。他们在一个方形小房间里。左右都有两个以上的便衣黑人用枪对准他们。耳边传来液压车库电梯尖锐的嘶嘶声,桌子仍稳稳固定在地板上。邦德抬起头。他们头上几英尺有宽大的活板门隐隐约约的接缝。那里没有传出任何声音。

一个黑人咧嘴一笑。"伙计,放松点儿。下来得挺舒服吧?"莱特骂了一句刺耳的脏话。邦德放松他的肌肉,静静等待。

"哪个是英国佬?"说话的黑人问。他看起来是头目。他握在手里的那把对准邦德心脏的手枪很花哨。他扣扳机的黑色手指间闪过珍珠色光芒,长长的八角形枪管瞄准目标。

"我猜,是这一个,"抓住邦德手臂的黑人说,"他有道伤疤。"

黑人紧紧钳制住邦德的手臂,就像两条紧紧绑住他肘部的止血带。邦德的手开始麻木。手持花哨手枪的男子从桌角拐了过来。他把枪口对准邦德的肚子。

"这个射程内你不会射空。"邦德说。

"闭嘴。"黑人说,他熟练地用左手给邦德搜身——小腿、大腿、后背、两腋。他抽出邦德的枪,递给另一个全副武装的人。"嘿嘿,给大老板,"他说,"带这英国佬上去。你和他们一起去。其他伙计和我一起留下来。"

"好。"绰号"嘿嘿"的那人说。他大腹便便,身穿巧克力色衬衫和薰衣草颜色萝卜裤。

邦德被拖起来。他一只脚紧紧勾住桌腿,桌子上的玻璃杯东倒西歪,发出玻璃碎裂的声音和器皿碰撞的声响。与此同时,莱特沿着他椅腿向后踢。他的脚后跟踢中他背后警卫的小腿,发出一声令人满意的哐啷声。邦德做了同样的事情,但没踢中。一阵混乱的时刻,但没有一个警卫松开对他的钳制。莱特的警卫把他从椅子上拎起来,就像他是个小孩子一般,把他的脸对着墙猛砸。几乎砸碎了莱特的鼻梁,然后又把他拉转过身,血从他的嘴里淌了下来。

两支受过训练的枪毫不动摇地瞄准他们。这是徒劳的努力,但是有一瞬间他们扭转了被动局面,消除了被俘时的震惊。

"不要浪费你们的体力。"发命令的黑人说,"带走那个英国佬。"他向邦德的警卫说,"大先生在等他。"他转向莱特,"你最好跟你朋友说'拜拜'",他说,"你们不太可能见到彼此了。"

邦德朝莱特笑了笑。"幸运的是,我们和警察约好了,两点钟在这儿碰面,"他说,"回头见。"

莱特咧嘴一笑。他的牙齿被血染红了。"莫拉罕专员会很高兴见到这群人。回头见。"

"别扯了。"黑人很有说服力地说,"带进去。"邦德的警卫把他推到一段墙边。枢轴转动,打开一条长长的通道。绰号嘿嘿的那人从他们身边挤过去,在前头领路。

门在他们身后关上了。

第七章　大先生

他们的脚步声在石头通道中回荡。他们穿过通道尽头的一道门，来到一条顶上偶尔有一个裸露的照明灯泡的通道，又进入了另一道门，邦德发现自己进了一个大仓库。垒着一些整齐堆放的箱包。仓库里还有起重机通道。箱子上的标记似乎属于一个酒店。他们沿着通道走到一道铁门前。嘿嘿按铃。然后是绝对的沉默。邦德猜他们现在应该离夜总会至少有一个街区那么远。

螺栓的哐喳声响起，门开了。一个身着晚礼服的黑人持枪走到一边，他们进入一条铺有地毯的走廊。

"进去吧。"那人说。

嘿嘿敲响他们面前的一扇门，接着打开它，在前面领路。

昂贵的桌子后面，大先生坐在高背椅上静静地看着他们。

"詹姆斯·邦德先生，早上好。"他的声音深沉而柔和，"坐。"

警卫带邦德走过厚厚的地毯,停在一把矮扶手椅前,他松开邦德的胳膊,让邦德坐下来,隔着宽敞的书桌面对大先生。

"这是一个帮你摆脱罪恶双手的祝福。"

邦德的前臂失去所有感觉,随着血液再次开始流动,钝痛感阵阵袭来。

大先生坐在那儿看着他,他巨大的头靠着高高的椅背,什么也没说。

邦德立刻意识到这个男人的照片没有传达出的东西:某种从他身上辐射而出的权威和智慧,还有他超大尺寸的体格。

他的头足球般大小,是正常人头部大小的两倍,非常接近正圆。灰黑色的皮肤,就像浸泡在河里一周的尸体那样紧绷和发光。他是秃头,除了耳朵上面的一些灰褐色绒毛外没有眉毛和睫毛,两眼间距非常远,以至于人们不能同时关注这两只眼,而只能一次看一只。它们的凝视非常坚定并极具穿透力。当它们停驻在某样东西上,它们看起来似乎是在吞噬一切。它们略微隆起,沿黑瞳周围有一圈金色虹膜火焰一般。它们是动物的眼睛,不是人类的。

他的鼻子很宽,并无特别的黑人特征。嘴唇微翻,厚而深黑。它们只有当主人说话时才张开,露出牙齿和淡粉色的牙龈。

他的脸上几乎没有皱纹或皱褶,但鼻子上面有两个深坑麻点。鼻子之上是微微隆起的前额和光滑无发的头顶。

奇怪的是,这个巨大的脑袋上没什么是不成比例的。它由巨大肩膀上又宽又短的脖子支撑。邦德从记录中知道他是6英尺5寸高,体重280磅,脂肪极少,但总的印象是令人敬畏,甚至恐惧。邦德可以想象，如此可怕的一个异类，他一定从小就决心报复命运和这个世界。

大先生身着一件无尾晚礼服。衬衣前襟和袖口上闪耀的钻石透出隐隐的虚荣。他巨大而扁平的手微蜷着放在他面前的桌子上。没有香烟或烟灰缸，房间气味清新。空无一物的桌上节省出大量空间来放置一个有二十多个开关的大对讲机和一条非常小、有着细长的白色鞭梢的象牙马鞭。

大先生沉默而深怀戒备地盯着书桌对面的邦德。

在毫不害怕的对视后，邦德略微环视了一下房间。

它四周放满了书，宽敞、休闲而异常宁静，像一个百万富翁的图书馆。

大先生的头顶上方有一个高高的窗口。除此之外，墙壁边全是坚实的书架。邦德坐在椅子上转了一面。看到更多书架，全塞满了书。没有门，可能书后面藏着门。带他到房间的这两个黑人相当不安地靠墙站在他的椅后。他们没有看大先生，而是在看大先生身后，桌上靠右的开放空间中放着的一个奇怪雕像。

即便他对伏都教知之甚少，邦德还是立刻从利·弗莫尔的描述中认出它。

站在白色基座上的是一个5英尺高的白色木十字架。十字架的横杆套在一件落满灰尘的黑色燕尾服的袖子中，衣服的其他部分掉在桌面下。衣领上面是一顶破旧的圆顶硬礼帽，帽顶被十字架竖杆刺破。帽子下面几寸的地方，沿十字架颈部，靠着横杆，是浆得笔挺的牧师项圈。

在白色基座的旁边躺着一双老旧的柠檬黄彩色手套。一根黄金把手的短柄马六甲手杖搁在手套旁,靠着雕像左肩竖着。桌子上还有一顶破旧的黑色礼帽。这邪恶的稻草人——墓地之神和亡灵军团首领,萨米迪男爵——凝视着整个房间。在邦德看来,它甚至似乎传递了一些可怕的、被漏掉的信息。

邦德把头扭开,目光转回到书桌对面那张灰黑色的大脸上。

大先生说。

"嘿嘿,你留下。"他的眼睛转移,"迈亚,你可以走了。"

"是的,老板先生。"他们一起回答。

邦德听见门的开关声。

沉默再次降临。大先生的目光已经尖锐地落到了邦德身上。它们在细细地审视他。现在,邦德注意到,虽然他的目光落在他身上,但它们变得稍许有些迟钝。它们毫无知觉地凝视邦德。邦德感觉他眼睛后的大脑正被其他东西占据。

邦德决心不仓皇失措,他的手恢复了知觉,他抬手去取他的香烟和打火机。

"你可以吸烟,邦德先生。假如你有任何其他意图,你可以小心朝前看,看看对面桌子的抽屉锁眼,这是我专门为你准备的。"大先生说。

邦德朝前倾仔细查看这是一个大枪眼。实际上,据邦德估计,点 45 口径射击。邦德猜应该由桌下的脚踏开关控制开火。这人在玩什么把戏。幼稚。幼稚吗?也许,毕竟,这可不容易打偏。这套把戏——加上之前的炸弹——干净利落,十分有效。他们不只是自负,而是为了给我留下深刻印象。这枪眼十分有震撼力,得小心,他不得不承认,这威力很有技术含量。

他点燃一支烟,感激地把烟深深地吸进肺里。他对自己的处境并不特别焦虑。他相信他不会受到任何伤害。对手考虑非常周全:除非把这件事弄成一个非常专业的意外,必须同时处理掉两个人,但这对于他们所在的两大军勤处而言依然是很过分的挑衅,大先生一定知道这一点。但此刻邦德真正他担心的是处于那些笨拙挑衅掌控下的莱特。

大先生的嘴唇慢慢松开。

"我已经好多年没有看到军勤处的成员了,邦德先生。从大战以来就不曾见过。你们军勤处在战争中表现出色,出了一些能干的人。我从我朋友那儿得知,你在你们军勤处地位很高,是双0打头的编号,我确信是007,如果我没记错的话。他们告诉我,双0数字的意义是在一些任务中情况紧急时你可以杀人。一个不以暗杀为武器的军勤处不能有太多的双0成员。你被派到这儿杀谁,邦德先生,有没有可能是我?"

声音温和,甚至没有表情。他的口音是美语和法语的轻微混合,但用语几乎是刻板地准确,没有一句俚语。

邦德保持沉默。他假定莫斯科方面对他的情况已经一清二楚。

"你必须回答,邦德先生。你和你朋友的命运取决于你的回答。我对我的信息来源有信心。我知道的比我说的多。是不是说谎我一听就知道。"

邦德相信他确实可以。他选择了一个他可以自圆其说的故事来掩盖事实。"英国的诺布尔玫瑰金币在美国流通,"他说,"一些就是从哈莱姆流出的。美国财政部请求我们协助追踪它们,既然它们来自英国,我必须到哈莱姆来亲自看看,还带着美国财政部的代表,我希望他现在已经在安全回酒店的路上。"

"莱特先生是中情局的代表,不是财政部的,"大先生面无表情地说,"他此刻的处境极其危险。"

他停顿了一下,似乎在回忆。他看着对面的邦德。

"嘿嘿。"

"是的,老板。"

"把邦德先生绑在椅子上。"

邦德不自觉想站起来。

"不要动,邦德先生,"那声音柔和地说,"你唯一的生存机会是留在原地。"

邦德看着大先生,看着他金色的、冷漠的眼睛。他坐回椅子上。一条宽皮带立即绕过他的身体并扣紧。两条短皮带扣住他的手腕,把它们绑在金属扶手上。两条皮带扣住他的脚踝。他可以把自己和椅子摔到地板上,但除此之外他无能为力。

大先生按下对讲机上的一个开关。

"请纸牌小姐进来。"他说,再次关闭开关。

片刻之后,桌子右边的一个书柜打开了。

一个邦德平生见过最美丽的女人慢慢走进来。她身后的门关上了。她站在房间里,站在那里看着邦德,一寸一寸地,慢慢地,从头到脚打量他、详细审视着他,她转向大先生。

"什么事?"她直截了当地问道。

大先生一动不动。他看向邦德。

"这是一个非凡的女人,邦德先生。"他以同样安静柔和的声音说,"我要娶她,因为她独一无二。我在海地——那是她出生的地方——一个酒店发现了她。她当时在心灵感应,我看了一阵,不能理解其中的道理。我至今仍然没能理解。无法解释,那是心灵感应。"

大先生停了下来。

"我告诉你这一点来提醒你。她是我的检察官。酷刑是混乱和不确定。他们告诉过你如何缓解那种痛苦。这女孩没有必要使用那种笨拙的方法。她可以占卜人内心的真相。这就是为什么她将成为我的妻子,她太有价值了。而且,"他温和地继续,"可以预见我们的孩子将会很有趣。"

大先生转向她,面无表情地盯着她。

"目前她是不可接近的。这就是为什么,在海地,她被称为'纸牌'。"

"搬把椅子。"他平静地对她说,"告诉我这个男人是否说谎。注意不要靠近枪眼。"他补充道。

女孩什么也没说,但从墙边搬了一把类似邦德所坐的那种椅子,把它推过来面朝他,她坐下来时几乎触及他的右膝,然后她看着他的眼睛。

她面色苍白,带着一种长期居住在热带地区的白人特有的那种苍白,但不包含热带气候带给皮肤和头发的那种通常的疲惫痕迹。

她的眼睛是蓝色的、亮晶晶的和倨傲的,但当它们注视着他时,他意识到它们包含了一些传递给他个人的信息。他以目光加以回应时,那信息很快就消失了。她的头发是深黑色的,直直垂落到肩头。她有着饱满的颧骨和性感的大嘴唇,带着点隐约的残酷的美感。她下颌的轮廓精致而美好,显示出决断力和钢铁般的意志,这一点由其笔直的、尖尖的鼻子加以重申。这份毫不妥协来自于她的美。这是一张生来就要发号施令的脸,一张法国殖民奴隶主女儿的脸。

她穿着一件厚厚的白色马特丝绸长晚礼服,胸前的褶皱强调出她乳房的上半部分。她戴着钻石耳环,左腕上戴着一只细细的钻石手镯。她没有戴戒指,指甲很短,没有涂指甲油。

她看着他的眼睛,冷漠地把前臂放在膝盖上,使乳沟更深。

传达的信息是明确无误的,邦德冰冷的脸上的温暖回应一定非常明显,因为大先生突然从他旁边的桌上拿起了小象牙鞭,猛地向她抽过来,皮鞭在空气中呼啸而来,落在她肩上。邦德冲她眨了眨眼。她的眼睛有片刻的闪耀然后黯然。

"坐直,"大人物轻声说,"别忘了自己的身份。"

她慢慢坐直,手里拿着一副纸牌,开始洗牌。然后,也许是出于虚张声势,也许她是在传递给他另一个信息——共谋和某种超乎共谋的东西。

一沓牌面是红桃杰克,另一沓牌面是黑桃皇后。她把两沓牌放在膝盖上,这样两沓牌相对。她把两沓牌合在一起,二者就面对面贴在一起。然后她洗牌并把它们再次打乱。

这场默剧中她一眼都没看邦德,瞬间一切都结束了。但邦德感到了兴奋的光芒,脉搏加快。他在敌人阵营有了一个朋友。

"准备好了吗,纸牌?"大人物问。

"是的,准备好了。"女孩以低沉而冷静的声音说。

"邦德先生,看着这女孩的眼睛,重复你出现在这儿的原因。"

邦德看着她的眼睛,没有从中发现任何信息。她根本没看他,她似乎穿过他在看别的东西。

他重复了一遍刚才编的故事。

那一刻,他感到不可思议的兴奋。这个女孩能判断吗?如果她能判断,她会为他说话还是揭穿他?

那一刻,房间里出现了死一般的沉寂。邦德试图显得漠不关心。他注视天花板,然后又注视她。

她的眼睛恢复焦距,转过脸不再看他,她对大先生说:

"他说的是真话。"

第八章　没种

大先生考虑了一下,似乎做了一个决定。他按下对讲机上的一个开关。

"大嘴巴?"

"是的,老板。"

"你正抓着那个叫莱姆的美国人?"

"是的。"

"好好收拾他一顿,然后把他载到贝尔维尤医院,在那附近丢下他。明白我的意思吗?"

"明白。"

"别被人看见了。"

"没问题。"

大先生关掉开关。

"你这该死的血猩红眼,"邦德狠狠地说,"中情局不会让你好过的!"

"你忘了,邦德先生,他们在美国没有管辖权,美国特勤处在美国本土没有权力——只在国外。联邦调查局从来就不是他们的朋友。嘿嘿,过来。"

"是,老板。"黑人嘿嘿过来站在桌子旁。

大先生看看对面的邦德。

"哪根手指用得最少,邦德先生?"

邦德被这问题吓了一跳,他脑子急速运转。

"考虑一下,我希望你会说左手的小指,"柔和的声音继续说,"嘿嘿,拗断邦德先生左手的小指。"

黑人嘿嘿显示了他绰号的来由。

"嘿嘿,"他嘿嘿假笑,"嘿嘿。"

嘿嘿洋洋得意地走向邦德。邦德疯狂地抓住椅子扶手。他的前额冒出大颗汗水。他试图想象指头断裂的痛苦,这样他可以控制它使自己坚强起来。嘿嘿慢慢把手伸向邦德左手的小指,冷漠地用拇指和手指抓住邦德的指尖,非常蓄意地让其向后弯,同时发出愚蠢地嘿嘿傻笑。

邦德拼命扭动身子,试图打翻椅子,但嘿嘿把他另一只手放在椅背上并将其定住。邦德大汗淋漓,无意识地露出牙齿。透过不断加剧的痛苦,他仅能看到女孩睁大眼睛盯着他,红唇微张。

嘿嘿把他的手指拉直,并开始慢慢把他的手腕向后弯曲。突然它断了,发出尖锐的断裂声。

"行了。"大先生说。

嘿嘿不情愿地放开掰断的手指。

邦德发出一声受伤野兽般的低吼,晕了过去。

"这家伙真没种。"嘿嘿评论。

纸牌软绵绵地坐回到她的椅子上,闭上了眼。

"他有枪吗?"大先生问。

"是的。"嘿嘿把邦德的贝雷塔92手枪从口袋里掏出来,丢到桌上。大先生把它捡起来,专业地打量着。他在手里掂了下重量,试了试手感,然后他把弹匣取下来放到桌上,清空了枪膛,然后把枪滑向邦德面前的桌子上。

"弄醒他。"他说,看着他的手表。三点整。

嘿嘿站到邦德的椅后,用他的指甲挖邦德的耳朵。

邦德呻吟一声,抬起了头。

他的眼睛盯住大先生,冒出一连串脏话。

"你该庆幸你没死。"大先生毫无感情地说,"任何痛苦都比死亡可取。这是你的枪,我已经取出了子弹。嘿嘿,还给他。"嘿嘿把它从桌上取下来,装回邦德的枪套。

"我会向你简要解释,"大男人继续说,"为什么你没有死,为什么你被允许享受痛苦而不是被弄成人们称为水泥大衣的包裹来增加哈莱姆河的污染。"

他停了一会儿,然后说:"邦德先生,我深感无聊。我被早期基督徒称之为'倦怠',这种致命的倦怠包围着我们这些满足的、没有更多的欲望的人。我在我所选择职业行当中是绝对杰出的,那些雇佣我的人信任我,那些我自己雇佣的人敬畏我,对我唯命是从。在我选择的道路中,我,真的,没有想要征服世界。唉,要把我的道路改变已经太晚了,权力是所有野心的最终目标,而我已不太可能在另一个领域获得比我在这一领域所拥有的更多了。"

邦德一半心思听他说话,另一半心思用于计划。他感觉到纸牌小姐的存在,但他不看她。他紧紧凝视着桌子对面灰色大脸上毫不松懈的金色眼睛。

柔和的声音继续说:"邦德先生,我现在只能在艺术、在磨炼和完善我的操作中找到乐趣。这几乎已经成为我的一种追求:在我执行的事务中贯彻绝对的公正与高雅。每一天,邦德先生,我试着为我的行动及技术设置更高标准,以便我的每一次行动都成为一件艺术品,清晰承载我的印记,就如本韦努托·切利尼的作品一样。迄今为止,我判断我已达到了自己的要求,而且我真诚地相信,邦德先生,我在行动中体现的完美最终将赢得我们时代的认可。"

大先生停了下来。邦德见他的金色大眼睁得大大的,好像他看到了那些愿景。邦德认为他是一个胡言乱语的妄自尊大的家伙。他的危险正源于此。大多数罪犯思维的动机是,贪婪,但奉献则完全是另一回事。这个人不是普通恶棍。他是一种威胁。邦德不觉得大先生的想法很有意思,对他有些敬畏。

"我匿名行动有两个原因,"低沉的声音继续说,"因为我的工作在本质上要求我这样做,其次因为我钦佩无名艺术家的自我否定精神。如果你能理解我的自负,我有时把自己看作那些在国王的墓室中创作杰作的伟大埃及壁画家中的一员,他们明知道没有一双活人的眼睛会看到它们。"

那双大眼睛闭上稍作休息。

"不过,让我们回到眼下。邦德先生,今天早上我为什么没有杀了你,原因是在于给你肚子穿个洞不能给人带来任何审美愉悦。用这个机器,"他指了指穿过书桌抽屉对准邦德的枪,"我已经在许多肚子上穿了许多洞,我的小机械玩具是一个非常棒的技术成就。此外,如果有很多好管闲事和多嘴的人来这儿询问你本人和你朋友莱特先生的失踪对我将是一个麻烦,不过只是个小麻烦,但是由于各种原因,我目前想专注于其他事项。"

"所以,"大先生看了看手表,"我决定在你们每个人身上留下我的印记,给你们一个警告。你必须在今天之内离开这个国家,莱特先生必须调到另一个任务。我已经够烦心的了,不需要再多几个欧洲特工增强本地好事者的实力。"

"那就是,"他总结道,"如果我再次见到你,你会死于我当天能设计出来的最巧妙和最适当的方式。"

"嘿嘿,带邦德先生去车库。叫两个人带他去中央公园,把他丢到景观水池中。如果他反抗,就给他点教训,但不要杀死他。明白了吗?"

"是,老板。"嘿嘿高声嘿嘿假笑。

他先松开邦德的脚踝,然后是手腕。他抓住邦德受伤的手,直接扭到背后。用另一只手解开绕在邦德腰上的皮带,然后他突然猛地把邦德拉起来。

"快走。"嘿嘿说。

邦德再次凝视着那张灰色的大脸。

"那些该死的人，"他停顿了一下，"会罪有应得。记住，"他补充道，"这是我的想法。"

然后，他瞥了一眼纸牌。她的目光落在搭在她膝盖的手上，没有抬头。

"快走。"嘿嘿说。他把邦德转向墙，把邦德的手腕反扭在他背上，推着他向前走，这几乎使他的前臂脱臼。邦德发出逼真的呻吟声，脚步摇摇欲坠。他想要嘿嘿相信他已经被吓住并变得温顺，会稍微减轻一点嘿嘿对他左臂的折磨。事实上，现在任何突然的一点发力都会导致他的手臂被拧断。

嘿嘿越过邦德的肩膀，按下立在书架上的一本书，通往中央枢轴的一扇大型钢门开了。他推搡着邦德穿过，然后踢了一下这沉重的门，它重新关上。从门的厚度，邦德猜这是隔音的。他们面前出现了一条铺有地毯的短通道，尽头有一架向下的楼梯。邦德又痛叫起来。

"你要折断我的胳膊了。"他说，"小心点儿。我要晕了。"

他再次磕磕绊绊，试图以此推测出他身后那个黑人警卫的位置。他记得莱特的劝告："胫骨、腹股沟、腹部、喉咙。打其他地方，只会折断你的手。"

"闭嘴。"那个黑人说，但他把邦德的手放低了一两寸。这正是邦德所需要的。他们沿着通道走了一半，再有几英尺就能到达楼梯顶部。邦德再次摇摇欲坠，撞上了他身后的黑人警卫。这给了他所需的机会。

他往下弯了一点儿,右手直接捣出,猛地转身向内。命中目标,黑人就像一只受伤的兔子尖声惊叫。邦德感到他的左臂自由了。他突然转身,用右手拔出他的空枪。黑人深深地弯下腰,双手护在他的双腿之间,发出气喘吁吁的尖叫。邦德用枪托重重击打那毛茸茸的后脑勺,发出锤子打在门上似的沉闷回声。黑人呻吟着,向前跪倒,想伸手去够支撑物。邦德转到他身后,抬起他的钢板鞋用尽所有的力量砸下去,朝着黑人穿着紫色裤子的屁股狠狠踢去。

这人发出最后一声短促的尖叫,被踢到距离楼梯几英尺远的地方。他的头撞到一边的铁扶手,然后他消失在边缘,掉到楼下。只听到他不停撞击楼梯的响声,最后砰的一声撞到地面,四周终于寂静了。

邦德擦掉眼睛周围的汗水,站着倾听。他把受伤的左手插进外套。这时它因疼痛和肿胀几乎是正常大小的两倍。他用右手拿着枪,慢慢地、轻轻地走到楼梯口。

邦德又停了下来倾听。很静,他可以听到快速无线发射机某种形式的高分贝蜂鸣声。他确信,它来自背后两扇门中的一扇。这一定是大先生的通信中心。他渴望对此地进行一场快速突袭,但他的枪是空的,他不知道房间里有多少人。他们很可能是一直戴着耳机所以没有听见嘿嘿坠地的声音。他走下楼梯。

嘿嘿呈大字形躺在地上,和死了差不多。他的条纹领带横过他的脸,像一个加号。邦德不感到懊悔。他在嘿嘿身上搜了一通,发现一把卡在紫色裤子腰带上的枪,这枪现在沾满了鲜血,是一把柯尔特38式特别侦探型自动手枪,枪管被特意锯短了。弹匣都是满的。邦德把无用的贝瑞塔放回皮套。他把嘿嘿那把大枪握在掌心里，冷酷地微笑。

他面前有一道门，从里面闩上了。邦德将耳朵贴着门倾听。发动机低沉的声音传到他耳中。这一定是车库。但谁会在早晨这个时候发动引擎？肯定是大先生的人正等着嘿嘿带他下来。他们一定想知道什么事耽搁了他。他们可能在看着门，等待嘿嘿的出现。

邦德想了一下，他有出其不意的优势，只要门闩没卡死就行。

他的左手几乎使不上力。他用右手拿着柯尔特，用受伤的手测试了第一个门闩。它很容易滑回来。第二个也是如此。只剩下一个下压手柄。他把它放下来，轻轻地推开了门。

这是一道厚厚的门，随着门缝扩大，引擎声音越发响亮。汽车就在门外。再开一点门就会暴露，他猛地打开它像击剑选手那样侧站着，尽可能不让自己完全暴露在对方面前。

几英尺外停着一辆黑色轿车，它的引擎已启动。它面对着车库的双开门。明亮弧光车灯照亮了其他几辆汽车的车身。一个大个子黑人坐在驾驶位上，另一个站在他附近，靠着后门。邦德视野中没有看见其他人。

一见邦德，他们的嘴巴惊讶地张开了。一根烟从驾驶位上的黑人嘴里掉了下来，然后他们都急着冲向他们的枪。

本能地，邦德首先射击站着的那个黑人，出于本能，邦德知道他会最快。

沉重的枪声在车库怒吼。

黑人双手抓捂住肚子，摇摇晃晃地向邦德走了两步，面朝下倒地,他的枪咔嗒一声掉在水泥地上。

邦德又用枪瞄准驾驶员时,驾驶员害怕地尖叫,由于方向盘的阻碍,他的枪还在他的外套里。

邦德对准他尖叫着的嘴开了枪,那人的头撞在侧窗上。

邦德绕车跑了一圈,开了车门。那人的尸体可怕地蜷着。邦德把他的左轮手枪扔到驾驶位上,把尸体拖到地上。他尽量不让车座上的血沾到自己身上。他坐进了驾驶座,祈祷发动机和方向盘运转正常。他关上门,把伤手放在方向盘上,踩下油门前进。

手刹仍处于制动位置。他不得不用右手横过方向盘下面去打开它。

这是一个危险的停顿。这辆重型汽车冲出车库门,一阵密集的枪声响起,一颗子弹打中车体。他用右手转动方向盘。另一枪打得太高,击碎了街对面的窗户。

门边的地上亮光一闪,邦德猜是第一个黑人设法够到了他的枪并向他开了枪。

他背后的建筑物内没再发出其他枪声或其他声音。他穿过车库卷帘门时,后视镜中什么也看不见,除了从车库射出的灯光照着黑暗中空荡荡的马路。

邦德不知道他在哪里,或他在朝哪里开。这是一条宽阔的、毫无特色的街,他不停向前开。他发现自己在左向行驶,他连忙迅速将车开向右边。他的左手伤得很厉害,只能用拇指和食指帮助稳定方向盘,并时刻记得让自己的身体远离左侧车窗上的血。

无尽的街道上只有小鬼形状的蒸汽,从城市管道加热系统的栅栏中袅袅升起。车轮一个接一个地碾过它们，但借着车灯，邦德可以看到它们在他身后再度升起，这白色的幽灵在后视镜中逐渐缩小。

他把车速保持在 50 码，遇到红灯就闯过去。穿过更漆黑的街区后，是一条灯火通明的大道。有交通灯，他停了下来等绿灯亮。他向左转，遇到一系列绿灯，每一个都让他顺利前行，更远离敌人。在一个十字路口，他检查了车，然后观看道路指示牌。他在公园大道和 116 街之间。他在第二街再次放慢速度。这是 115 大街。他前往市中心，远离哈莱姆区，回到城市。他一直开然后在哥特街停了下来。这里空无一人。他关掉引擎，让车靠着一个消防栓停下。他把枪从座位上拿下来，插在裤腰上，走回公园大道。

几分钟后他叫了一辆出租车，过了会他踏上圣瑞吉斯酒店的台阶。

"邦德先生，有留给您的纸条。"夜间门房说。邦德侧身接过，用右手打开纸条。这是菲力克斯·莱特的留言，时间是凌晨四点，"立刻给我打电话。"纸条上写着。

邦德向电梯走去，回到他住的那层楼，进入 2100 房间，走到客厅。

所以他们两个人都还活着。邦德跌坐到电话机旁的椅子上。

"万能的上帝。"邦德带着深深的感激之情说，"这趟可真够呛。"

Live and Let Die

第九章　正确或错误?

邦德看着电话,起身走到餐具柜旁。他放了一些冰块在高脚玻璃杯中,倒上3英寸高的黑格威士忌,然后转动酒杯,通过混合来冷却和稀释威士忌,然后一口喝掉半杯。他放下酒杯,脱下外套,他的左手肿胀得厉害,只能勉强通过袖管。他的小指是被向后折断的,几乎已经变成黑色,疼痛在不断加剧。他取下领带,解开衬衫领口。然后又拿起酒杯,一口喝完,走回电话旁给莱特打电话。

莱特立刻接起电话。

"感谢上帝,"莱特带着真情实感,"伤得怎样?"

"断了一根手指,"邦德说,"你呢?"

"挨了包革金属棍一顿打,晕过去了,不严重。他们一开始试了各种花样,把车库空气压缩泵接到我身上,想把我耳朵搞聋,然后又是其他地方。大先生一直没发指令前,他们感到厌烦。我被迫与

'大嘴巴'——那个手持花哨手枪的人——讨论爵士乐的精妙细节。我们谈到了艾灵顿公爵,并同意我们都喜欢打击乐手而非风琴手。我们同意钢琴或鼓比任何其他独奏乐器都更能聚合乐队和表演者。关于公爵的笑话,我告诉他'没有人能吹好那支破单簧管'。这让他捧腹大笑。突然我们成了朋友。另一个人——绰号'法兰绒'——很不高兴,大嘴巴告诉法兰绒可以先下班,他会盯住我。然后大先生的对讲机响了。"

邦德说:"我在那里。没听见那么热闹。"

"大嘴巴怕得要命。他在房间里转来转去自言自语。突然他抓起了包革金属棍,劈头盖脸朝我打下来,我晕了过去。醒来时,我们在贝尔维尤医院外。那时候大约三点半。大嘴巴非常抱歉,说只有这样子能帮我逃过一劫。我相信他。他恳求我不要把这件事告诉大先生,他要回去报告说他把我打得半死。我答应他大先生会知道我半死不活的。然后我们和平地说了再见,我在急诊病房接受治疗后就回家了。我担心死神降临到你身上,但过了一会儿,电话开始响了。警察局和联邦调查局打来的。好像是大先生说,一个愚蠢的英国佬今早在墓地酒吧发疯了,打伤了他三个人,两个司机和一个服务员,偷走一辆车后跑了,英国佬的大衣和帽子还留在衣帽间。大先生敦促他们采取行动。我警告了警察和FBI,但他们怕得要命,我们得马上离开小镇。这条消息会错开早间新闻,但它会在下午的广播和电视中播出。除了这些,大先生会像黄蜂那样追击你。无论如何,我确定了一些计划。我讲完了,现在你说吧。天啊,我真的很高兴听到你的声音!"

邦德详细叙述了所发生的一切,没有遗漏任何细节。当他讲完后,莱特吹了一声低低的口哨。

"伙计,"他敬佩地说,"你肯定削弱了大先生的机器。你真走运。当然,纸牌女士无疑救了你。你认为我们可以争取她吗?"

"如果我们能接近她。"邦德说。

"他把她看得很紧。"

"我们改天再仔细考虑,"莱特说,"现在我们最好离开。我先挂断电话,几分钟后给你回电。首先,我马上给你叫一位警察局的医生,估计一刻钟左右到。然后我会自己跟警察专员谈一下,想办法解决问题。他们可以通过寻找那辆车来拖延一点时间。联邦调查局会贿赂无线电广播和报纸的记者,至少得保证不把你的名字登出来,否则我们将害得英国大使吓得跳下床,全国有色人种促进协会也少不了要举行游行,上帝才知道还会发生什么。"莱特在电话里笑了下,"最好和你在伦敦的长官说一声。现在是当地时间十点半。你需要一点保护。我能照会中情局,但是联邦调查局今早遭受了'年轻人看过来'组织的猛烈攻击。你需要些衣服,我会负责准备。保持清醒。我们将在坟墓里得到充足的睡眠。一会儿给你电话。"说着他挂了电话。邦德对自己笑了笑,听到莱特欢快的声音,他知道一切都有人考虑,他的疲惫和黑暗的记忆被一扫而空。

他拿起电话,接通国际电话接线员。她说:"请等十分钟。"

邦德走进卧室,勉强脱下了衣服。他先冲了个很烫的热水澡,然后又冲了个冷水澡。他刮干净胡子,设法穿上干净的衬衫和裤子。他把一个新弹夹装进贝瑞塔手枪中,用丢弃的衬衫裹住那把柯尔特自动手枪，把它放进手提箱。他打包到一半时，电话铃响了。

他听着电话里那充满活力的声音，以及远方接线员的喋喋不休的呼叫声，飞机和船只从海上发来的莫尔斯电码声回声，迅速冷静下来。他可以想象摄政公园附近那座灰色的大楼，想象繁忙的总机，一个女孩会说："是的，这是环球出口公司。"邦德曾问过特工从海外公共线路进行紧急通话的伪装地址，她会马上告诉主管由他来接这个电话。

"你已经连上线了，先生，"国际电话接线员说，"请说话。纽约呼叫伦敦。"

邦德听到一个平静的声音："环球出口公司。请问您是哪位？"

"请帮我转接总经理，"邦德说，"我是他侄子詹姆斯，从纽约打过来的。"

"请稍等。"邦德可以从电话里想象莫妮潘妮，看到她按下对讲机上的开关。"这是纽约，先生，"她会说，"我想是007。"

"把他接进来。"M会说。

"什么事？"邦德热爱和敬服的那个冰冷的声音说。

"我是詹姆斯，先生，"邦德说，"我可能需要一些帮助来克服托运货物的困难。"

"说吧。"那个声音说。

"昨晚我去住宅区见了我们的主要客户，"邦德说，"他最棒的三个人生病了，而我在那里。"

"病得怎样？"声音问。

"病得非常厉害，先生，"邦德说，"重感冒。"

"希望你没染上。"

"先生,我也有点小感冒,"邦德说,"不过问题不大。我会给您写信把详细情况告诉您的。麻烦的是,联邦的人认为我最好远离小镇。(想到 M 的笑容,邦德心中暗笑)我马上和费利西亚一起离开。"

"谁?"M 问道。

"F-e-l-i-c-i-a,"邦德把这个名字逐个字母拼了一遍,"我那位华盛顿来的新秘书。"

"哦,好的。"

"我想建议您去设在圣佩德罗的那个工厂看看。"

"好主意。"

"但联邦可能有其他想法,我希望您给我支持。"

"我完全理解,"M 说,"生意怎么样?"

"前景光明,先生,但道路曲折。费利西亚今天会打出我的完整报告。"

"好,"M 说,"还有别的事吗?"

"不,就这样,先生。谢谢您的支持。"

"不客气。早日康复!再见。"

"再见,先生。"

邦德放下电话。咧嘴一笑。他可以想象 M 致电参谋长:"007 已经与美国联邦调查局联系上了。那该死的傻瓜昨晚去哈莱姆干掉了大先生的三个人。很明显,把自己弄伤了,但并不严重。他与那个中情局的莱特必须离开小镇,到圣彼得斯堡。最好通知 A 站和

C 站。今天华盛顿很可能会拧我们的耳朵。告诉 A 站我对 007 充满信心,我相信他是出于自卫,以后不会再发生类似事件。明白我的意思吗?"邦德再次咧嘴一笑,他能想象达蒙的愤怒:他不得不向华盛顿说上一大筐奉承话,他很可能本来就有很多其他的死结亟待解开。

电话铃响了。莱特又打进来了。

"现在听着,"他说,"每个人都开始平静下来。看起来你干掉的三人组非常臭名昭著——嘿嘿·约翰逊、山姆·迈亚和一个叫迈克金的。他们是各方的眼中钉。FBI 在掩护你。当然,虽然不太情愿,警察局也在拼命拖延。联邦调查局已经要求我的主管送你回家——你也可以说,这事让他半夜从床上吓得爬起来,事后是出于嫉妒,我想,但是我们已经摆平了这一切。同时,我们俩都要离开小镇。这是已经定下来的。我们不能一起走,所以你坐火车,我乘飞机。记下我接下来要说的话。"

邦德把话筒搁在支架上靠着他的肩膀,伸手抓了铅笔和纸。"说吧。"他说。

"宾夕法尼亚车站,14 号站台,今早十点三十分,'银色幻影号',经华盛顿、杰克逊维尔和坦帕到圣彼得斯堡的直达快车。我给你订了一个包厢,非常豪华。245 号车厢,H 包厢。票在火车上,售票员那里。去 14 号门上火车。然后直接去你的包厢,把自己反锁在里面,直到火车开动。我将在 1 小时后飞到东部,所以从现在起你就是一个人行动了。如果遇到困难你就给德克斯特打电话,但如

Live and Let Die

果他恨不得拧下你的脑袋,你千万不要惊讶。火车明天中午左右到站。乘出租车去日落海滩海湾大道西的大沼泽市卡巴纳斯,到毗邻圣佩得罗一个叫金银岛的地方。所有的海滩酒店都在那儿,计程车司机都知道。"

"我在那儿等你。记下来了吗?看在上帝的分上,小心。我是说真的。如果可能,大先生会竭尽所能抓住你,那名押车警察只能向你通风报信。乘出租车,甩掉追踪。我会叫人给你另外送一顶帽子和一件浅黄褐色雨衣过来。圣瑞吉斯酒店已经被监视。就这些,还有什么问题吗?"

"听起来不错,"邦德说,"我已经跟 M 通过电话,如果有麻烦,他会和华盛顿方面沟通。照顾好自己,"他补充道。"你在暗杀名单上会紧跟着我。明天见。就这样。"

"小心,"莱特说,"再见。"

现在是六点半。邦德拉开起居室的窗帘,看着晨曦铺洒在城市上空。下面还是黑暗的洞穴,但巨大的混凝土建筑物顶端已经被染成粉红色,日光一层一层地照亮了窗户。

警察局的外科医生来了,待了一刻钟,然后离开了。

"闭合性骨折,"他说,"需要一些日子来恢复。你是怎么弄成这样的?"

"被门夹断的。"邦德说。

"你该离门远一点,"外科医生评论说,"它们是危险物品,应该被法律禁止。幸运的是,你的脖子没被夹断。"

他离去后,邦德打包完毕。他想知道再过多久他可以叫早餐,这时电话铃响了。

邦德预期是警察局或联邦调查局的严厉声音，相反，却是一个女孩的声音，低沉而迫切，找邦德先生。

"哪一位？"邦德问，他想争取时间猜猜答案。

"我知道是你。"那声音说，邦德可以感觉到，它不是声音合成器的声音。"我是纸牌。"她说这名字时几乎屏住了呼吸。

邦德在等，他所有的感官都在想象电话线的另一端会是什么场景。她是独自一人吗？她愚蠢地在一架家用电话机上说话，而其他听众现在冷冷地、专注地听着分机吗？还是她在一个房间里，只有大先生的目光盯住她，他旁边是一支铅笔和便笺纸，这样他能写下下一个问题？

"听我说，"那声音说，"我的时间不多。你一定要相信我。我在一个药店，但我必须马上回到我房间。请相信我。"

邦德拿出手帕。他隔着手帕说："如果我能找到邦德先生，我需要转告他什么？"

"噢，你这该死的家伙。"女孩说，听起来像是真正的歇斯底里，"我发誓，以我母亲，我未出生孩子的名义。我必须得马上离开。你也一样，你一定要带上我，我会帮你的。我知道很多他的秘密。但是要快。我冒着生命危险在这里和你说话。"她发出愤怒和恐慌的呜咽，"看在上帝的分上，请相信我。你必须，必须相信我！"

邦德停了一下，他的脑子在疯狂地思考。

"听着，"她又说，但这一次声音干巴巴的，几乎绝望地说，"如果你不带我走,我就自杀。现在行了吗?你想谋杀我吗?"

如果是演戏,这真是太逼真了。这是一场不能回头的赌博,但邦德决定了。他压低声音,在电话里直说。

"如果这是一种欺骗行为,纸牌,我会抓住你,杀掉你。即使这是我人生的最后一件事。你有铅笔和纸吗?"

"等等。"女孩激动地说,"好的,好的。"

如果这是一个针对邦德的陷阱,那简直设计得太完美了。

"宾夕法尼亚车站,十点二十,'银色幻影号',到……"他犹豫了一下,"……华盛顿。245号车厢,H包厢。说你是布莱斯太太。如果我还没到那儿,你自己到售票处取票。直接到包厢等我。明白我的意思吗?"

"好的,"女孩说,"谢谢你,谢谢你。"

"不要让人看到,"邦德说,"戴个面纱什么的。"

"当然,"那女孩说,"我保证。千真万确。我必须走了。"她把电话挂断了。

邦德看着已经挂断的电话听筒,然后把它放回电话上。"嗯,"他大声地说,"计划有变。"

他站起身伸了伸懒腰。他走到窗口,望着外面,什么都没看到。他的大脑高速运转着。然后,他耸了耸肩,转身拿起电话,又看了看手表。七点三十。

"客房服务,早上好。"传来一个银铃般的声音。

"请帮我订一下早餐,"邦德说,"双份菠萝汁,玉米片和奶油、加培根的蛋挞、双份意式浓缩咖啡、烤面包和果酱。"

"好的,先生。"女孩说。她重复订单后回答:"马上到。"

"谢谢你。"

"不客气。"

邦德咧嘴一笑。

"人死之前总要饱餐一顿。"他沉思。他坐在窗前,注视着晴朗的天空,沉思未来。

此时的哈莱姆,大型电话总机上,低语者再次向小镇喊话,再次把邦德的外貌特征传达给每个眼线:"所有火车站、所有机场、第五大道、第 55 街、圣瑞吉斯酒店大门……大先生吩咐在路上找机会下手,盯住传达下去。所有火车站、所有机场……"

Live and Let Die

第十章　银色幻影号

邦德翻起新雨衣领子，遮住了耳朵。他通过 55 街上的圣瑞吉斯药店——药店有一道门通向酒店——出口出来时没被眼线发现。

他在出口等着，看到一辆出租车他就冲下台阶，用受伤那只手的拇指打开车门，把他的轻型手提箱丢了进去。出租车很难被检查。一个提着"韩战退伍军人"箱子的黑人，其同伴在一辆停着的汽车引擎盖下摸摸索索，直到他们被一个驾车通过的人通知取消任务，要他们快跟上邦德，可邦德已经不见了。

一下车进入宾夕法尼亚车站时，邦德立刻被发现了。一个售完货提着空柳条筐闲逛的黑人很快走进公用电话亭。那是十点十五分。

再有十五分钟就可以走了，就在火车开动前，一个餐馆乘务员请病假，取而代之的人从电话里收到大先生完整而细致的指示。大厨发现这事不对劲，但新来的人只对他说了一两个字，大厨翻了翻白眼，然后沉默了，还偷偷地摸了摸他脖子上挂着的一串幸运豆。

邦德迅速走过巨大的玻璃顶棚广场，通过14号门走到他那班火车旁。

一列四分之一英里长的银色火车，在黄昏中的火车站静静停着。4000马力双柴油发电机的辅助发电机正在忙碌工作。铁路是海蓝色的，闪闪发光像小溪一样向前延伸。火车司机和锅炉工将让火车先向前开200英里到达第一站。在高于轨道12英尺的上方，他们懒洋洋地靠在一尘不染的铝制驾驶室里，观察电流表和工作气压刻度盘，准备出发。

城市下面的这个大混凝土洞穴很安静，任何一种噪声都可能引起回声。

起始站没有太多乘客，更多人会在纽瓦克、费城、巴尔的摩和华盛顿上车。在到达火车尾部245号车厢之前，邦德走了100码。他的脚步声在空荡荡的月台上响起。一个卧车搬运工站在车厢门口。他戴着眼镜，黑色的脸看上去有些疲倦但很友好。列车表面用粗大的棕色和金色字体写着"里士满——弗雷德里克斯堡——波多马克"，下面是行李车的名字"美丽的希尔瓦尼亚"。一缕细细的蒸汽从门附近中央供暖系统的耦合处升起。

"H包厢。"邦德说。

"布莱斯先生吗？对了，布莱斯夫人已经到了。上去几步就到。"

邦德踏上火车，进入毫无生气的橄榄绿走廊，地毯很厚，有一股美国火车常有的雪茄烟味道。一个标志牌上写着："需要另一个枕头吗？需要任何额外的舒适服务，请按铃呼叫您的卧车乘务员。他的名字叫——"附着一张打印的卡片，上面印着："塞缪尔·D·鲍德温"。

H包厢在车厢尾部。E包厢是一对体面的美国夫妇，其他包厢是空的。H包厢的门关着。他试了一下，它锁着。

"谁？"一个女孩的声音焦急地问。

"是我。"邦德说。

门开了。邦德走进去，放下包，锁上门。她穿着一身黑色套装。粗网眼的黑色面纱从一顶黑色小草帽上垂落下来。一只戴手套的手举在喉咙旁。透过面纱，邦德可以看到，她面色苍白，眼睛因恐惧而睁得很大。她看起来相当有法国女郎的风采，非常漂亮。

"感谢上帝。"她说。

邦德迅速瞥一眼房间。他打开厕所门，看了看，里面是空的。

外面平台上传来一声"发车"，乘务员收起折叠钢阶、观赏门。火车开始在铁轨上运行。通过自动信号灯时，车铃发出单调的叮当声，车轮穿过一些节点时发出轻微的咔嗒声。然后火车开始加速。不管是好是坏，他们上路了。

"你喜欢哪个座位？"邦德问道。

"我不介意，"她急切地说，"你来选。"

邦德耸耸肩，背靠车头坐下来。

她紧张地在对面坐下来。他们仍在长隧道中，经费城线出城。

她摘下帽子,取下粗网眼面纱,放在旁边的座位上。她从脑后的头发上取下了一些发夹,摇了摇头,让厚重的黑发垂落下来。她的眼眶下面有黑色阴影,邦德猜她那晚一定也没睡觉。

他们之间有一张桌子。突然间,她向前倾,抓住他的右手往她那边拖。她双手抱住它,低下头,吻了一下。邦德皱了皱眉,想抽回他的手,但那一刻她用双手紧紧抓住它。

她抬起头,蓝色的大眼睛坦率地看着他。

"谢谢你,"她说,"谢谢你信任我。这对你来说是很困难的。"她松开他的手,坐了回去。

"我很高兴这样做。"邦德勉强说,试图努力思考出这个女人的来意。他从口袋里拿出香烟和打火机。这是一包未开封的切斯特菲尔德,他试图用右手撕开玻璃纸包装。

她向他伸出手,把烟拿过来,用指甲剪剪开它,拿出一支烟,点燃递给他。邦德从她手里接过烟,朝她一笑。

"我一天要抽三包烟,"他说,"你会很忙。"

"我会帮你打开新的香烟。"她说,"到圣彼得斯堡的一路上,不用怕。"

邦德眯起眼睛,笑意溢出。

"我不会以为我们仅仅是去华盛顿,"她说,"你今天早上在电话里反应不够快,停顿了一下。无论如何,大先生都确信你会去佛罗里达。我听到他警告他的人到那儿等你。他跟一个叫'强盗'的人通了长途电话命令他监视坦帕机场和火车站。也许我们应该在塔彭斯普林斯或沿海岸线的一个小站提早下车。他们看到你上车了吗?"

"据我所知没有,"邦德说,他的眼睛又放松了一些,"你呢?有遇到什么麻烦吗?"

"今天是我上声乐课的时间。他试图让我成为一个感伤女歌手,想让我在墓地酒吧登台演出。他的一个手下像往常一样带我去见我的老师,中午会来接我。我经常和我的老师吃早餐以避开大先生,他希望我每顿饭和他一起用餐。"她看了看手表,邦德注意到,这是一块奢华的铂金镶钻表,"他们大约一个小时不会发现我。我等车走了,就直接走出去给你打了电话。然后乘计程车到了市中心。我在一个药店买了一把牙刷和其他东西。除了我身上的首饰和我一直背着他藏起来的那点钱外,我一无所有。我现在大概有5000美元。所以我不会是一个经济负担。"她笑了,"我终于等到了我的机会。"她指了指窗户,"你给了我新的生命。我被他和他的歹徒囚禁了近一年。现在这里就是天堂。"

火车通过纽约和特伦顿之间的乱七八糟的贫瘠平原和沼泽。这不是富有吸引力的景色。它让邦德想起了战前西伯利亚大铁路的一些场景,只有孤零零的巨型百老汇歌舞剧展板广告和时不时出现的一堆废铁和旧汽车。

"我希望你能比现在过得更好,"他笑着说,"但不要感谢我。现在我们扯平了。昨晚你救了我的命。换言之,"他好奇地看着她,"如果你真的有超人的预见力。"

"是的,"她说,"我有。或是某种非常类似的能力。我经常可以预见到即将会发生什么,尤其是对其他人。当然,我夸大了这种能力。我在海地谋生时,把它变成一个好看的类似卡巴莱歌舞表演的演出。他们脑中充满了巫术和迷信,因此他们确信我是一个女巫。但是我保证,当我第一次在那个房间里看到你时,我就知道你可以救我。我,"她脸红了,"我能预见到各种各样的事情。"

"什么事情?"

"哦,我不知道,"她说,她的眼睛疾速转动,"只是一些事。无论如何,我都能看到。我们接下来的旅程将会很困难,"她严肃地说,"并且危险。对我们双方都是。"她停顿了一下,"你愿意照顾我吗?"

"我会尽力,"邦德说,"第一件事是我们都需要一些睡眠。让我们来喝一杯,吃些鸡肉三明治,然后让我们把床放下来。你不要不好意思,"他补充说,看到她的眼神有些畏缩,"我们得在一间双人卧室待上24小时,没必要太拘谨。无论如何,你都是布莱斯夫人,"他咧嘴一笑,"你也一定要像她。在一定程度上。"他补充道。

她笑了。她的眼中有些疑问,但她什么也没说,只按响了窗下的铃。

售票员和卧车乘务员同时到来。邦德点了费西里德斯老白兰地,又定了"老人头牌"波本威士忌、鸡肉三明治和无咖啡因的咖啡,这样不会毁掉他们的睡眠。

"食品得另外收钱,布莱斯先生。"售票员说。

"当然,"邦德说。纸牌把手伸进她的手提包。"好了,亲爱的，"邦德说，拿出他的钱包，"你忘了离家前你把你的钱交给我保管了吗？"

"我猜这位女士需要买一些夏天的连衣裙。"售票员说，"圣彼得斯堡商店的东西都很昂贵。那儿现在很热。你们夫妇去过佛罗里达吗？"

"我们总在每年的这个时候去。"邦德说。

"旅途愉快！"售票员说。

当他身后的门关上，纸牌高兴地笑了。

"你不能让我尴尬，"她说，"如果你不小心惹恼我我会想出一些很厉害的办法。首先，我要去那里，"她指了指邦德背后的门，"我看起来一定糟透了。"

"去吧，亲爱的。"邦德笑着，她消失了。

邦德转向窗外，看着特伦顿附近漂亮的木板屋飞掠而过。他喜欢火车旅行，在心里兴奋地期待接下来的旅程会顺利。

火车慢下来。他们窗前的铁轨上滑过有"风靡全美的空运货车厢""拉克万纳""切萨皮克和俄亥俄州""里海谷""海滨水果捷运"和抑扬顿挫的"艾奇逊，托皮卡和圣达菲"等有着美国铁路特有的浪漫名字的火车牌。

"英国铁路呢？"邦德想。他叹了口气，把他的思绪拉回到目前的冒险。

无论是好是坏，他已经决定接受纸牌，或者说，即使事情向坏的方面发展他也要尽可能从她那多挖掘有用的情报。有许多问题亟待解决，但现在不是时间。最让他关注的是，这是对大先生最大的打击,打击他的虚荣心。

至于这个女孩,他想,和他一起说说笑笑是件有趣的事。他很高兴他们已经越过陌生人边界变得亲密起来。

大先生的话是真的吗?她从不曾与任何男人纠缠?他怀疑这一点。她看似渴求爱,充满欲望,至少他知道她没对他关闭心扉。他想她回来再坐到他对面,这样他可以看她,和她一起待着,慢慢熟悉她。纸牌,这是一个富有吸引力的名字。难怪他们在太子港肮脏的夜总会以此为她命名。即使在她刚表现热情时,也让人感到神秘。从她的言谈中,他感觉到一个孤独的童年,一个大型的衰颓的种植园,一座因管理不善而荒废的大房子,被繁茂的热带植物入侵。父母垂死,财产出售,由一两个仆人陪伴,在首都过着前途未卜的借宿生活。

美是她唯一的资产,反抗这个阴暗命运的斗争是成为一个"家庭教师"、一个"伴游"、一个"秘书",所有这些都意味着出卖肉体。出于天真无知她步入娱乐世界。她晚上在夜总会表演魔术,在被魔法统治的人们中间,她的身份必定使许多人远离她,让她成为一个令人害怕的人。然后,有一天晚上,灰色脸庞的大先生坐在桌边,向她承诺让她去百老汇演出,给她提供新生活的机会,逃避高热、污垢和孤独的国度。

邦德突然离开了窗口。或许,那是一个浪漫的画面,他觉得实际情况一定如他所想。

他听到门打开。女孩回来,滑入他对面的座位。她看起来清新而艳丽。她仔细看他。

"你一直在猜我的事,"她说,"我感觉到了。别担心,这不是什么坏事。有一天等我们有时间,我会慢慢告诉你。现在我想忘记过去。我只会告诉你我的真实姓名,西蒙娜·拉特蕾尔。你可以随你喜欢怎么叫我。我二十五岁。现在我很高兴。我喜欢这个小房间。但是我饿了,困了。你睡哪张床?"

邦德对这问题一笑置之。他沉思。

"在这不能献殷勤,"他说,"但我想我最好睡下铺。我宁愿接近地面,以防万一。我并不是担心什么。"看到她的伤心,他补充说,"大先生看似手伸得很长,特别是在黑人世界,当然也包括铁路。你介意吗?"

"当然不是,"她说,"我正要如此建议。况且你不能用你可怜的手爬到上铺。"

他们的午餐送到了,由一个心事重重的黑人侍者从餐厅送来的。他似乎急于收钱,好回去工作。

他们用完午餐后,邦德呼叫列车员。他也看似心不在焉,避免看邦德。他花了很长时间来铺床还暗示没有足够空间来移动床铺。

最后,他似乎鼓起了勇气。

"在我整理这个房间时,也许布莱斯夫人可以在隔壁房间等一下。"他说,越过邦德的头看过去,"隔壁房间在到圣彼得斯堡之前会一直空着。"他掏出钥匙,没有等待邦德的答复,就打开了隔壁的门。

从邦德的一个手势,纸牌收到暗示。他听到她推开门进入隔壁房间。黑人关上了隔壁房间的门。

邦德等了一小会儿。他记得这个黑人的名字。

"你在想什么,鲍德温?"他问。

松了一口气,列车员转身直视他的眼睛。

一旦开口,他便开始滔滔不绝地说起来:"布莱斯先生,这趟火车旅程麻烦够多的了。你把自己的敌人带上了这辆车,布莱斯先生。我知道你不喜欢听。我不能说太多,这会给我自己惹麻烦。但是我们希望您旅途愉快。当然。某些人盯上你了,布莱斯先生。那些人是讨厌鬼,你最好把门窗锁好。"他从他口袋里拿出两个木楔,"把它们推到门下面。我只能为你做这么多,他们会割断我的喉咙。我可不想在我的车上发生什么事,千万不要。"

邦德接过木楔:"但……"

"不能再帮你更多了,先生。"黑人最后说,他打开了门,"如果您今晚呼叫我,我会给您送晚餐。不要让任何人进入房间。"

他伸手接过20美元的钞票,把它放进口袋。

"我已经尽我所能,先生。"他说,"我没见过您,您也没见过我,好吗?"他走出去,迅速关上他身后的门。

邦德想了一会儿,然后他打开门。纸牌在看书。

"他收拾好房间了,"他说,"花了很长时间。他还想告诉我他生平所有的故事呢。我会在这坐一会儿,直到你上床躺好。你准备好了就叫我。"

他在隔壁房间她坐过的座位上坐下,看着费城乱糟糟的郊区,像看着乞丐的疥疮一样。

毫无疑问,她并不构成威胁。但是新的威胁来得比他预期得快,如果监视者在火车上发现她的身份,她的危险系数将会和他的一样高。

她叫他,他走了进去。

房间一片漆黑,唯一亮着的是她为他打开的床头灯。

"睡个好觉。"她说。

邦德脱下外套。他轻轻把木楔滑进两道门下。然后他小心地向右侧躺在舒适的床上,他什么都没有来得及想就陷入了深度睡眠。

在距离 H 车厢几个车厢远的餐车里,一个黑人列车员再次读了读他在电报纸上写下的东西,等待在费城的十分钟停留。

第十一章　妖精

火车在明媚的午后轰隆轰隆向南行驶。他们已经把宾夕法尼亚州和马里兰州抛在身后。在华盛顿有一个长时间的停靠,邦德在半梦半醒中听见调车机车上的警铃叮当声和车站有线广播系统的温和通知,随后列车进入到弗吉尼亚州。这里的空气已经变得温暖湿润,这里距离纽约只有五小时路程,但闻起来几近春天。

时不时经过的一群黑人,从田里步行回家的路上,听到遥远的隆隆声,有人会拿出他的表看看,并宣布:"幻影到了。六点钟。看来我的表是准点的。""果然。"另一个人说。柴油机的巨大轰隆声渐渐逼近了,灯火通明的列车飞驰而过,驶向北卡罗来纳州。

七点左右,火车越过田野到达罗利市郊区时,他们被过街警铃的叮当声惊醒。邦德把木楔从门下拔出来,打开灯,呼叫列车员。

他点了干马提尼酒。两个单人装小瓶、玻璃杯和冰一起送来,它们看起来分量如此不足,他立刻再点了四瓶。

他们商量了一下菜单。鱼类有鲜嫩无刺鱼片,鸡类有美味法式金黄炸鸡。

"名不副实。"邦德说,他们最终点了加培根和香肠的炒蛋、沙拉和一些美国产的卡蒙贝尔奶酪,这是这份美国菜单上最受欢迎的食物。

九点钟,鲍德温来清理盘子。他问是否有什么需要。

"我们什么时候到杰克逊维尔?"他问。

"约今早五点,先生。"

"站台上有地铁吗?"

"当然。汽车站右边。"

"你能立刻把门打开,把梯子放下去吗?"

黑人笑了:"当然。我把它保养得很好。"

邦德给了他一张10美元的钞票。"以防我们抵达圣彼得斯堡时看不到你。"他说。

黑人咧嘴一笑:"非常感谢您的好意,先生。晚安,先生。晚安,夫人。"

他走出去,关上了门。邦德站起身把木楔牢牢地固定在两扇门下。

他告诉纸牌来自鲍德温的警告。当他说完,女孩说:"我不惊讶,他们肯定看到你进了车站。他有一整队被称为'眼睛'的间谍,当他们开始工作,几乎没什么信息是不能得到的。我想他的人上了火车,肯定是一个黑人,卧车列车员或餐厅的某个人。他能让这些人不惜任何代价去做他喜欢的事情。"

"看来是这样,"邦德说,"但他是如何工作的?他能给他们什么?"

她看着窗外,黑暗的隧道中灯火通明的火车轰隆轰隆前进。随后她看回桌子旁英国特工那冷酷的灰蓝色眼睛。她想:一个人怎么能向另一个有着平常的背景、在温暖房屋和光明大街上衣食无忧地长大的人解释精神的力量?一个人不曾住在热带地区秘密心脏附近的人,一个不曾受到愤怒、秘密和毒药支配,不曾体验过鼓声的神秘,不曾看到魔法的快速作用及其激起的致命恐惧的人。他能理解全身僵硬症,灵魂出窍,黑人的第六感,白鸡毛的致命意义,路上的十字交叉棍,装骨头和草药的皮革小包吗?他能理解影子剥夺、全身浮肿的死亡和消耗死亡吗?

她战栗着,大量黑暗记忆淹没了她。最重要的是,她想起第一次在寄宿学校,黑人护士对她说:"小姐,这对你没坏处。这是力量强大的护身符,保护你。"护士捏住她的嘴,灌下巫毒药水,直到她喝光最后一滴。接下来她每天躺着,尖叫了足足一个星期,之后她突然就能睡好了。几周后她把枕头翻了一面,她感觉到一个硬东西,她把它从枕套里挖出来,那是一小袋肮脏的垃圾。她把它扔到窗户外面,不过早上时她再也无法找到它。之后的日子她继续睡得好,她知道那东西一定被护士发现了,藏在某个地方。

多年以后,她弄清楚了巫毒药水的成分——朗姆酒混合物、火药、墓穴泥土和人血。她几乎能感觉那味道重新回到她嘴里。

这个男人能理解这些事情吗?

她抬起头,发现邦德的眼睛疑惑地固定在她身上。

"你在想我不会明白,"他说,"在某种程度上你是对的。但我知道恐惧能给人造成什么影响,我知道恐惧可以由很多事物引起。我读过关于伏都教的书,我相信它能起作用。我认为魔法不会对我奏效,因为当我还是个孩子的时候我就不是暗示或催眠术的好对象。我知道这些勾当,你必须相信我不会嘲笑这一点。写下关于伏都教书的科学家和医生都很严肃。"

纸牌笑了。"好吧,"她说,"我需要告诉你的是,他们相信大先生是萨米迪男爵的活僵尸。僵尸本身就够糟糕的了。他是活的尸体,能够复活并服从控制他们的人的命令。萨米迪男爵是整个伏都教中最可怕的神。他是黑暗和死亡之神。所以萨米迪男爵自己控制的僵尸是一个非常可怕的概念。你知道大先生的样子。他体型巨大,皮肤发灰。他有着强大的精神力量,对一个黑人而言,相信他是一个僵尸是很容易的。造成大先生与萨米迪男爵的关联就更简单了。大先生通过他胳膊肘上的男爵像来强化这种想法。你在房间里见过。"

她停顿了一下。她迅速地,几乎上气不接下气地继续讲:"我能告诉你的是,它奏效了,凡是曾见过他和听过这故事的黑人,几乎没有一个不相信。他们是对的,"她补充道,"如果你知道他对待那些不完全听从他的人的方式,他们被拷打和杀害的方式,你也会这么说。"

"莫斯科怎么搅进来的?"邦德问,"他真的是锄奸局的特工吗?"

"我不知道锄奸局是什么,"女孩说,"但我知道他在为苏联工作,至少我听到他与某个偶尔来的人说俄语。有时他让我待在那个房间,事后问我怎么看他的访客。在我看来,他们彼此通常说的是实话,虽然我听不懂他们说什么。但别忘了我只认识他一年,他是非常神秘的。如果莫斯科确实在接触他,那么他们已经掌握了美国最强大的人之一。他几乎可以找到任何他想要的东西,如果他没有得到他想要的,就会有人被杀。"

"为什么不是有人杀了他?"邦德问道。

"你不能杀他,"她说,"他已经死了。他是一个僵尸。"

"是的,我明白了,"邦德慢慢说,"这相当令人印象深刻。你想不想试一试?"

她看了看窗外,然后回头看他。

"除非万不得已,"她不情愿地承认,"但不要忘记我来自海地。我的理智告诉我,我可以杀了他,但是……"她用双手做了一个无助的手势,"我的直觉告诉我,我不能。"

她温顺地笑着看他:"你一定认为我是个无望的傻瓜。"

邦德回应说:"读完所有那些书后,我不这样看。"他把手横过桌子,覆盖住她的手,"时机成熟的时候,"他微笑着说,"我会在我的子弹上刻上十字架。这在过去曾经很管用。"

她看起来若有所思。"我相信,如果有人能做到,那个人就是你。"她说,"你昨晚重创他来讨回他对你所做的一切。"她拿起他的一只手抚摸着,"现在告诉我,我必须做些什么。"

"睡觉。"他看了看手表,十点钟,我们要尽可能多地睡觉。我们将在杰克逊维尔找机会溜下车,换一种交通方式。"

他们站起来,面对面站在摇晃的火车上。

邦德突然伸出手,用右臂搂住她。她的手圈住他的脖子,他们激情亲吻。他把她压靠在摇晃的墙上,抱住她。她捧住他的脸,气喘吁吁。她的眼睛明亮又炽热。然后她对准他的嘴唇,长时间地吻他,把他吻得昏天黑地,仿佛她是男人而他是女人。

邦德的手伤让他不能探索她的身体,抚摸她。他放开右手,把它放在他们的身体之间,感觉她结实的乳房,她把手从他的脖子上放开,将他推开。

"我曾希望有一天我会像这样亲吻一个人,"她说,"我第一眼看到你,我就知道会是你。"

她的手垂在身旁,身体立在那里,向他开放,为他准备好了。

"你很美,"邦德说,"你的吻比任何我认识的女孩都棒。"他低头看他左手的绷带,"这该死的胳膊,让我不能好好抱你,这是大先生将偿还的另一个代价。"

她笑了。

她从手袋里取出一块手帕,擦掉抹在他嘴上的口红。然后把他前额的头发拨开,再次吻他,轻轻地,温柔地。

"这样就够了,"她说,"我们脑子里装了太多其他的事情。"

他亲吻着她白皙的脖颈,还有嘴。

他觉得他沸腾的血液开始软化,他用手搂住她,把她拉到摇摇摆摆的车厢的中央。

他微笑。"也许你是对的,"他说,"到时候我想和你独处,天荒地老。这里可能会有人打扰我们的夜晚,我们必须在凌晨四点起床。所以现在没有多少时间,你准备上床睡觉吧,我会跟着爬上来给你晚安吻。"

他们再次亲吻,慢慢地,然后他走开。

"我们去看看隔壁有没有人。"他说。

他轻轻地把木楔从门下拉出,轻轻打开锁。他从枪套里拿出贝瑞塔手枪,用拇指扣住保险栓,示意她拉开门,这样她能躲在后面。他给出信号,她迅速把它打开。空荡荡的包厢讽刺地开着。

邦德对她笑了笑,耸了耸肩。

"你准备好了就叫我。"他说,走了进去,关上了门。

通向走廊的门是锁着的。这个房间与他们的房间格局相同。天花板上有一个空调通风孔,除非大先生想用系统中的燃气开关杀死车上的所有乘客,否则这里不用担心。小卫生间的排水管道,可以通过它施放一些致人死命的气体,但操作员必须是大胆而熟练的杂技演员才能办到。而且走廊里没有通风孔。

邦德耸了耸肩。如果有人来,就只能穿过大门。

纸牌叫他。房间里有股"巴尔曼牌"清风青草香水味。她头靠着手肘,从上铺看着他。被单被撩到了肩头,邦德猜她是全裸的。她的黑发瀑布般倾泻下来。只有她身后的阅读灯亮着,她的脸在阴影中。邦德爬上小铝梯,向她俯身过去。她抱住他,被单突然从肩头滑落。

"该死的,"邦德说,"你……"

她用手捂住他的嘴。

"'妖精'是个很好的词,"她说,"能够和这么强壮而沉默的男人在一起,这对我来说简直太棒了。多少天,你的手多少天能恢复?"

邦德重重咬了一下她柔软的手。她发出小声的尖叫。

"不用很多天,"邦德说,"然后有一天当你玩你的小把戏时,你会突然发现自己像一只蝴蝶被压住。"

她用手圈住他,他们亲吻,漫长而充满激情。

最后,她倒在枕头上。

"快点好起来吧,"她说,"我厌倦了我的游戏。"

邦德下到地板上,把她的床位布帘拉好。

"现在试着好好睡一觉,"他说,"明天是漫长的一天。"

她喃喃低语。他听到她翻身关掉了灯。

邦德检查了一下门下的木楔。随后他脱下外套,领带,躺在下铺。他关掉灯,躺在那儿想纸牌,听他头底下车轮稳定疾驰的声音,房间里舒适的小噪音,火车轻轻的呼啸声和杂音在夜间迅速催人入眠。

十一点钟,火车行驶在哥伦比亚和乔治亚州萨凡纳市之间的漫漫长路上。到杰克逊维尔还要六小时左右,这期间大先生肯定已指示他的特工采取一些行动,整列火车的人都睡着了。

巨大的火车蜿蜒穿过黑暗,冲到数里之外,穿过"桃州"格鲁吉亚空荡荡的平原和少得可怜的村庄,四驱引擎在广阔的大草原上咆哮,探照灯的长轴撕开黑色夜幕。

邦德再次打开他的灯,看了会儿书,但他的思维过于紧张,便很快放弃了,把灯关掉。作为代替,他在考虑未来、杰克逊维尔、圣彼得斯堡和再次与莱特会面。

很久以后,大约凌晨一点钟,他昏昏欲睡,一个轻的微金属噪音让他一下清醒并用手去掏枪。

有人在轻轻地拨动走廊门锁。

邦德立即跳到地板上,光着脚轻轻移动。他轻轻从隔壁房间门下拉出木楔,轻轻拔出螺栓,打开了门。他穿过隔壁包厢,轻轻打开走廊门。

一阵门闩弹回来的巨大响声。他拉开了门,冲进走廊,只看到一个人已经冲到车厢前端。

如果他的两只手是自由的,他可能已经射中那人,但为了打开门,他不得不把他的枪插到裤腰带上。邦德知道追击无望。有太多空包厢,这人可以躲进去,悄悄关上门。邦德事先已经想过所有问题。他知道他唯一的机会是出其不意,而非快速射击或击败这人。

他几步走到 H 包厢。一张小小的纸在走廊里。

他回去,进入他们的房间,锁上他身后的门。他轻轻地打开阅读灯。纸牌仍在熟睡。那张纸,薄薄的,躺在靠通道门边的地毯上。他把它捡起来,坐在床的边缘。

这是一张便宜的信纸。其上是用首字母大写方式蘸红墨水写成的几行字。邦德小心翼翼地打它,没有抱太多希望它能带来任何线索。这些字如下:

Live and Let Die

哦,女巫不能杀我,
放开我。他是身体。

神圣的鼓手宣称
当他与黎明一起醒来
他会在早上为你敲响鼓声
很早,很早,很早,很早。
哦,孩子还没有长大成人,女巫就将他们杀死
哦,孩子还没有长大成人,女巫就将他们杀死

神圣的鼓手宣称
当他与黎明一起醒来
他会在早上为你敲响鼓声
很早,很早,很早,很早。
我们正在向你祈祷,
但愿你能懂。

邦德躺在床上思考。
然后他把纸折叠起来,放进自己的钱包。
他仰卧着,什么也不看,等待黎明。

第十二章　大沼泽地

他们在杰克逊维尔溜下车时，大约凌晨五点。

天色漆黑，佛罗里达车站光秃秃的站台上仅有零星的灯光。地铁入口距245号车厢只有几码远，他们跳下台阶时火车上没有人活动的迹象。邦德已经告诉列车员在他们走后锁上他们包厢的门，拉上窗帘，他想直到火车到达圣彼得斯堡，不会有人发现他们不见了。

他们从地铁口走到售票处。邦德核实，到圣彼得斯堡的下一趟快车是银色流星，幻影的姐妹列车，约九点出发。他订了两张卧铺票，然后他挽着纸牌的手臂，走出车站，来到温暖又黑暗的街道。

有两三家通宵营业的餐厅可供选择。他们推开闪着霓虹灯招牌"美食"的那扇门。这是通常的那种不太干净的餐馆——两个疲惫的服务员在镀锌柜台后面，货架上塞满了香烟、糖果、平装书和漫画。有一个巨大的咖啡过滤器和一排丁烷燃气灶。一扇标有"休息室"的门隐藏着它可怕的秘密。旁边标有"私人"标志的可能是后门。一群穿工装的男人的桌上摆了一打油腻腻的调味瓶,邦德二人进来后,他们短促抬头看了看,又恢复了低声的谈话。邦德猜他们是加油站下班的员工。

入口右边有四个窄窄的隔间,邦德和纸牌在其中之一坐下,没精打采地看着脏兮兮的菜单。

过了一会儿,一个女服务生走过来,靠在隔间板上,上下打量纸牌的衣服。

"橙汁、咖啡、炒鸡蛋,两份。"邦德简要地说。

"好。"女孩说。她往前走时,鞋子重重地敲打地板。

"炒蛋会用牛奶煮熟,"邦德说,"我吃不惯美国的煮蛋,它们看起来很恶心,没有壳,混合在一个茶杯里,这里就是这样做的。上帝知道他们从哪儿学来的这种技巧。我想也许是德国。糟糕的美国咖啡,世界上最糟糕的,比英国的更糟。我想他们不会对橙汁做太多处理,毕竟我们现在在佛罗里达。"他突然感到沮丧,想到他们得在这个脏兮兮、臭烘烘的空气里待四小时。

"在美国每个人都能轻松赚到钱,"纸牌说,"这导致他们服务态度不好。他们想的是快速从你那儿榨出美元,然后把你扔出去。等到了海岸,你会发现每年的这个时候,佛罗里达成了地球上最大的骗人陷阱。我们要去的地方,他们会把小人物的钱榨得精光。当然,这是两相情愿的事,有的人专门去那花光钱然后寻死。"

"看在上帝的分上,"邦德说,"我们要去的是什么样的地方。"

"圣彼得斯堡的每个人都是垂死的，"纸牌解释道，"那是个巨大的墓地。银行职员、邮政工人或铁路局工人到六十岁时，会在临死之前带上退休金或养老金去圣彼得斯堡晒几年太阳。它被叫作'阳光城市'。那儿天气很好，如果哪一天没有出太阳，那天的晚报《独立报》就免费。一年只有三四次，这是这个城市一个最好的广告。每个人都在晚上九点左右上床睡觉。白天，老人们成群结队玩沙狐球和桥牌。那儿有两个棒球队，科德士和卡布斯，所有成员都超过七十五岁！他们玩滚木球游戏，但大多数时候他们成群结队地挤坐在达文波特人行道上。这条主要街道的人行道上都有一排排长椅。他们就坐在那儿晒太阳、聊八卦和打瞌睡。这是一个可怕的景象：这些老人与他们的眼镜、助听器和磕磕碰碰的坏牙齿。"

"听起来很可怕，"邦德说，"大先生为什么选择这个地方来远程操控？"

"这儿非常适合他，"纸牌说，"几乎没有犯罪，除了桥牌和玩凯钠斯特纸牌游戏作作弊，所以这儿警力极弱。海岸警卫倒是很多，但他们主要关心坦帕和古巴之间的走私，以及塔彭斯普林斯的反季节海绵打捞。我真的不知道他在那儿做什么，只知道他有一个绰号'强盗'的得力干将在那，我猜这与古巴有些关联。"她若有所思地说道，"我相信哈莱姆，甚至加勒比海都在古巴的控制下。"

"不管怎样，"她继续说，"圣彼得斯堡可能是全美最无辜的小镇。一切都很友善和亲切。那儿还有一个叫'康复中心'的地方，酗酒者的医院，但很旧。"她笑着说，"我希望他们还没做过伤害别人的事。你会喜欢它的。你可能会想在那儿安顿下来，成为一个

'老伙计'。这是那儿最伟大的词……'老伙计'。"

"上帝保佑，"邦德热切地说，"这听起来就像伯恩茅斯或托基。但糟糕一百万倍。我希望我们不要卷入与强盗及其朋友们的射击比赛。我们可能会把数百名老家伙的心脏病吓出来。但这个地方没有年轻人吗？"

"哦，当然有，"纸牌笑了，"很多。比如那些从老伙计那儿搜刮钱的当地居民。开汽车旅馆和拖车营地的人。你可以主办宾果锦标赛来赚足够多的钱。我将成为你的招揽员——在外面把傻瓜们弄进来的人。亲爱的邦德先生，"她伸出手，握他的手，"你愿意和我定居在圣彼得斯堡，优雅地变老吗？"

邦德坐下来，用挑剔的眼光看着她。"我首先想要和你过很长时间的可耻生活，"他笑着说，"我可能更擅长那个。他们九点上床睡觉的习惯很适合我。"

她的眼睛微笑着望着他。早餐上来了，她把手从他手中抽回来。"好的，"她说，"你九点上床睡觉。然后我就溜出后门，和'科德士'和'卡布斯'的成员们一起去寻欢作乐。"

早餐和邦德预言的一样糟糕。

他们付了钱，漫步到车站候车室。

太阳出来了，光线从尘土飞扬的酒吧投射到空荡荡的拱形大厅。他们坐在一个角落。在等待银色流星号发车的时候，邦德向她提了一堆关于大先生的问题，而她讲了所有她能回答的问题。

他偶尔记下一个日期或一个名字，但她几乎没能提供什么新信息，大部分都是他已知的。她在哈莱姆街区有间与大先生一样的公寓,过去一年中她一直被囚禁在那儿,有两个强壮的女黑人作为她的"同伴",她绝不被允许不带警卫出门。

时不时地,大先生将她带到邦德见到她的那个房间。她会被要求用占卜预言某个男人或女人(通常是绑在椅子上的)是否在说谎。她根据她感觉到的这些人的善或恶给出不同回答。她知道她的裁定经常可能会是死刑判决,但她对那些她判定为邪恶的人的命运漠不关心。他们中很少是白人。邦德记下了所有这些场合的日期和细节。她告诉他的一切都补充了这幅图画的细节:一个非常强大而活跃的人,无情而残酷,指挥一个巨大的犯罪网络。

她所知道的关于金币的情况来自有几次她参与质询那些人传递了多少金币,他们已经为此付了多少钱。她说他们经常在这两个问题上撒谎。

邦德小心地避免透露他自己的判断和了解的情况。他对纸牌日益增长的热情和对她身体的渴望被隔离在他的职业生涯之外。

银色流星准时进站,两人都松了一口气,从压抑沉闷的世界摆脱出来。

火车一路疾驰穿过佛罗里达,穿过覆盖有西班牙苔藓的荒凉森林和沼泽,穿过绵延数里的柑橘园。

遍地皆是的苔藓给这景观增添了一种死气沉沉、光怪陆离的感觉。甚至连他们途经的小镇上那干涸而装有遮阳板的房子看起来都像灰色的骨骼。只有挂满柑橘的种植园看起来鲜绿而充满生机。其他一切似乎都被高温烤干了。

看那些令人沮丧的沉默枯萎的森林,邦德认为没有什么可以生活在里面,除了蝙蝠、蝎子、角蟾蜍和黑寡妇蜘蛛。

他们用午餐,火车沿墨西哥湾运行,途经红树林沼泽和棕榈树林,没完没了的汽车旅馆和商队营地。邦德捕捉到另一种佛罗里达的味道,广告商的佛罗里达,"1954年度橙花鸡尾酒小姐"等广告牌四处林立。

他们在圣彼得斯堡的前一站克利尔沃特下了火车。邦德叫了一辆出租车,去半小时车程的金银岛转转。时值两点钟,太阳照射着万里无云的天空。纸牌坚持要脱下帽子和面纱。"这都粘到我脸上了,"她说,"这里几乎没有人见过我。"

当他们在公园街和中央大道的十字路口等待检查时,一个满脸麻子的黑人被堵在他的出租车里,这条街通向贯穿整个博卡西甲湾浅水区狭长的金银岛堤岸。

当这个黑人看到纸牌的侧影时,他的嘴不知不觉张开了。他把出租车停到路边,冲进一家药店,呼叫一个圣彼得斯堡的号码。

"我是柏克思,"他急切地说,"给我接强盗。强盗,是你吗?听我说,大先生一定得知道。什么意思?你已经和他通过话了?我看到他的女孩在克利尔沃特的斯达森公司的一辆出租车上。朝堤道方向去了。我以十字架的名义发誓。我看得真真切切。她和一个穿蓝色西装,戴灰色斯泰森毡帽的男人一起。他脸上似乎有一条疤痕。你的意思是跟着他们吗?我不敢相信你告诉我的内容,大先生也要来这个小镇?好吧,好吧。在出租车从堤道或克利尔沃特其他地方回来时截住它。好吧,好吧。我不会搞砸的。"

绰号"强盗"的人五分钟后接通纽约。他被告知追踪邦德,但他不能理解纸牌在其中有什么关系。他与大先生通话完毕后还是不太明白,但大先生的指示非常明确。

他挂断电话,坐了一会儿,用手指敲击桌子。一万美元的活,他需要两个人,自己留八千。他舔了舔嘴唇,给坦帕市市中心一家酒吧的弹子房打电话。

邦德在大沼泽区下了出租车。一大片黄白相间的连排别墅坐落在方形巴哈马草坪的三面,50码外面就是洁白的沙滩和大海。从那里,整个墨西哥湾尽收眼底,平静如镜,一直延伸到远方的地平线与万里无云的碧空的相接处。

经过伦敦,经过纽约,经过杰克逊维尔这些地方后,这里是一个能好好休息的地方。

邦德走进一间标有"办公室"字样的房间,纸牌端庄地紧跟在他身后面。他按了一下铃说:"史蒂文森太太。"一个憔悴而矮小的短发女人出现了,僵硬地笑了一下,"什么事?"

"莱特先生预订的。"

"哦,是的,您是布莱斯先生吧?卡巴纳一号,就在沙滩上。莱特先生从午餐时间就一直在等你。这位是?"她透过夹鼻眼镜上下打量纸牌。

"布莱斯夫人。"邦德说。

"喔,好的。"史蒂文森太太说,充满怀疑。

"好吧,请您填一下登记表,我想您和布莱斯夫人旅途劳顿,肯定想梳洗一番。请填写完整的地址。谢谢。"

她带他们通过水泥路走到尽头左边的小屋。她敲了敲门,莱特出现了。邦德曾期待一个热烈的欢迎,但莱特惊讶地看着他,他的嘴无意识地张开。他淡黄色的头发根部仍隐约呈现黑色,这让他的头发看起来就像一个干草堆。

"我想你还没见过我的妻子。"邦德说。

"没有,不,我的意思是,见过。你好!"

整个情况超出了他的理解。他几乎把邦德拖进门,在最后一刻他记起这女孩,用他的另一只手,抓住了她,把她也拖进去,门贴着他的脚跟关上了,史蒂文森太太一句"祝您……"戛然而止。

一进门,莱特没再抓着他们。他站在那里,瞅瞅这个,看看那个,目瞪口呆。

邦德把手提箱放在小客厅的地板上。这是一间四四方方的海滩小屋,面对大海。房间里配有舒适的竹制沙滩椅,铺有泡沫橡胶软垫,上覆红绿芙蓉印花棉布。棕榈叶席子铺在地板上。墙壁是鸭蛋蓝色,每面墙的中央挂一幅竹框的彩色热带花卉印刷图。房间里有一张大鼓状竹架玻璃面桌子,其上放着一钵花和一部白色电话。一扇面对大海的宽窗,右面是扇通往海滩的门。白色塑料百叶窗放下一半以减少沙滩反射过来的阳光。

邦德和纸牌坐了下来。邦德点上一支烟,把烟和打火机丢在桌上。

突然电话响了。莱特从恍惚状态中醒过来,走过去拿起话筒。

"请讲!"他说,"接中尉。是您吗,中尉?他在这里。刚进来。不,完好无损。"他听了一会儿,然后转向邦德。"你们在哪儿下的车?"邦德告诉他。"杰克逊维尔。"莱特在电话里说,"好的,我会。确定。我从他那里获知细节后给您回电话。你会取消他的杀人嫌疑吗?我很感激,纽约方面也是,乐意为您效劳,中尉。奥兰多9000。好的。再次感谢。再见。"他放下话筒,擦擦额头的汗水,在邦德对面坐了下来。

突然他看着纸牌,歉意一笑。"我猜你是纸牌。"他说,"对不起,招待不周。这是了不起的一天。我没想到会在二十四小时内第二次以为再也见不到这个家伙。"他转向邦德,"继续吗?"

"是的,"邦德说,"纸牌现在站在我们这一边。"

"这是一个突破。"莱特说,"好吧,你可能还没看报或听收音机,所以我先给你个新闻头条。刚过杰克逊维尔,银色幻影就停了。在沃尔多和卡拉之间。你的包厢被汤姆森冲锋枪扫射和轰炸成了碎片。当时在走廊中的卧车搬运工被杀。没有其他人员伤亡。发生了血腥的骚动。谁干的?布莱斯先生和布莱斯夫人是谁?他们在哪里?当时我们确定你已被劫持。奥兰多警方在负责此事。追踪订票记录,发现你的票与纽约有关,是 FBI 订的。每个人都气势汹汹地来找我。然后你手挽一个漂亮女孩走了进来,看起来平静而幸福。"

莱特大笑起来:"伙计!你应该听听华盛顿方面怎么说的,有人认为是我轰炸了那该死的火车。"

他伸手去拿了一支邦德的香烟,点燃了它。

"嗯,"他说,"这是简要介绍。我听你说完后会再告诉你详细情况。"

邦德详细描述了他从圣瑞吉斯酒店与莱特通话后发生了什么事。当他谈到他在火车上的那个晚上,他从钱包拿出了一张纸,把它推过去给莱特。

莱特吹口哨。"巫术,"他说,"我猜这是为了放在尸体上。这人跟你在哈莱姆撞上的那三个家伙为了撇清大先生的嫌疑肯定想了很多办法。在那之后,我们会抓住他们留在火车上的那个人,可能是一个餐厅帮工。等你说完了,我再来告诉他是如何做到的。"

"让我看看。"纸牌说。她伸手拿过纸条。

"是的,"她平静地说,"这是一个巫毒崇拜咒符。这是鼓女巫的符咒。非洲阿散蒂部落想杀人时就用这个。他们在海地使用类似的东西。"她递回给邦德,"幸运的是你当时没告诉我,"她认真地说,"否则我会发疯。"

"我不在乎,"邦德说,"我只是感觉这不吉利。幸运的是,我们在杰克逊维尔先下了。可怜的鲍德温,我们欠他很多。"

他讲了他们旅程中剩下的故事。

"当你离开火车时,有人看到你吗?"莱特问。

"应该没有,"邦德说,"但我们最好把纸牌藏起来,直到我们能带她出去。我想我们应该让她明天飞到牙买加。在那儿她可以得到照顾,直到我们抵达。"

"当然,"莱特说,"我们会让她在坦帕乘包机。让她在明天午餐时到迈阿密,她下午可以随便乘哪个航班——泛美航空或荷航,明天午餐就能到。今天下午太晚了,来不及做任何事情。纸牌,这样可以吗?"

  这个女孩盯着窗外。她的眼睛里有种邦德之前见过的恍惚。

突然,她打了个哆嗦。

  她的目光转回到邦德,伸出一只手,抚摸着他的袖子。

  "是的。"她犹豫了一下,"是的,我想是这样。"

Live and Let Die

第十三章　鹈鹕之死

纸牌站了起来。

"我必须去梳洗一下,"她说,"你们聊吧。"

"当然。"莱特说着,跳起来,"你一定累坏了。我猜你最好睡詹姆斯的房间,他可以跟我睡。"

纸牌跟他去那个小厅,邦德听到莱特解释房间的安排。

一会儿莱特带回来一瓶黑格威士忌和一些冰。

"我失礼了,"他说,"我们可以喝一杯。浴室旁边有一个小厨房,我储存了所有我们可能需要的食物!"

他取出一些苏打水。他们都喝了一大口。

"咱们来商量一下细节,"邦德坐下来,"那活儿一定干得很漂亮。"

"那是,"莱特同意,"除了没尸体。"

莱特把脚放在桌上，点燃一支烟。

"幻影大约五点离开杰克逊维尔，"他开始分析，"六点左右到沃尔多，我猜，刚刚离开沃尔多。大先生的人上了你那趟车，进入你隔壁的包厢，在窗户上挂了一条毛巾，他一定已经打电话给沿路而下的车站，其意义是'这条毛巾右边的那个窗口'。"

"沃尔多和奥卡拉之间有相当长的一段距离，"莱特继续说，"贯穿森林和沼泽地，国道正好与铁轨并行。离开沃尔多大约二十分钟，嘣！出现一个紧急信号。司机把速度降到40码。嘣！嘣！嘣！接连三声警报，司机停下火车想知道到底发生了什么。但他什么也没看见。火车大约停了十五分钟。天色刚刚放亮，有辆轿车，停在那儿。"邦德挑了一下眉毛。

"偷来的车，"莱特解释，"灰色的，好像是辆别克，没有开灯，没熄火，在铁轨对面的高速公路上等着。车里出来三个人，混血儿或者黑人。他们沿着国路和铁轨之间的绿化带并列成一线走得很慢。外面两个带着汤姆森冲锋枪。中间那个手里拿着某样东西。他们停在245车厢20码外。持冲锋枪的男人对着你们的窗户疯狂扫射。中间那人把手雷丢了进去，三个人跑回车上。两秒后保险丝熔化，轰！H包厢成了油焖原汁布莱斯先生和夫人肉块。事实上，是油焖原汁鲍德温，他冲出来在走廊上看到有人接近他的车。没有其他人员伤亡，除了整列火车的多次震动和大家有点歇斯底里。列车与死神擦肩而过，留下那节车厢一直待在地狱。火车下掉245车厢战战兢兢地进入奥卡拉，三小时后又被允许继续前进。接下来就是我莱特独自坐在小屋，希望他从来没有说过伤害他朋友詹姆斯的话,还想知道胡佛先生今晚将让莱特先生吃什么苦头。就这样,伙计。"

邦德笑了。"好厉害的组织!"他说,"我确信这人有完美的掩饰和不在犯罪现场的证据。好厉害的人!他简直把这个国家玩弄于股掌之间。正好显示出一个人可以如何利用人身保护权、人权及所有其他权利来摆布一个民主国家。很高兴我们不是在英格兰追捕他。木制警棍可不会给他留下太深印象。好吧,"他总结道,"这是我第三次逃脱了,一次比一次可怕。"

"是的,"莱特沉思着说,"在你来到这里之前,大先生曾经犯过的错误不超过十个。现在,他连犯三个错误,他不会再错下去。我们打了他个措手不及,但他现在开始反击了,而且非常迅速。告诉你我在想什么。毫无疑问,黄金通过这个地方进入美国。我们追踪了塞卡特尔号一次又一次,它只是直接从牙买加到圣彼得斯堡,停靠在那个蠕虫和诱饵工厂的码头——叫什么来着?"

"衔尾蛇。"邦德说,"神话里的大虫子。这可真是个好名字。"突然一个念头闪过,他用手敲玻璃桌面:"费利克斯!当然。衔尾蛇——'强盗',你没发现吗?大先生的手下就在这儿。'衔尾蛇'和'强盗'是一个意思。"

莱特的脸亮了起来。"全能的上帝。"他喊道,"当然是一样的。在塔彭斯普林斯那个希腊老板,宾斯万格那傻子的报告显示那人在纽约,他很可能只是一个傀儡,可能甚至不知道里头有什么猫腻。我们得去找那个工厂的经理,他肯定就是强盗。"

莱特跳起来。

"来吧。我们马上去。我们马上去查看那个码头。'塞卡特尔号'停在那里。它现在古巴,顺便说一下,"他补充说,"哈瓦那。一周前从这里出发。他们找到了它来去的规律,它每次航行前总是去码头。当然,任何事情都不可能天衣无缝。无论如何,我们去一趟,探探路。看看我们是否可以看到我们的朋友强盗。我待会儿跟奥兰多和华盛顿通话。告诉他们我们所知道的。他们必须快速抓住火车上的大先生的人。天色可能太晚了,你去看看纸牌休息好了没。告诉她待着别动,直到我们回来,最好把她锁在里面。到时候,我们带她到坦帕去吃晚饭,他们有全古巴最好的餐馆——洛维达德斯。我们还要在机场停一下,预订她明天的航班。"

莱特拿起电话,接通了长途电话。邦德起身离开。

十分钟后,他们上路了。

纸牌不想被留下来。她抓紧邦德。"我想要离开这里,"她说,她眼里充满恐惧,"我觉得……"她没有说完。邦德吻了她。

"好了,"他说,"我们一小时左右就回来。没有什么会发生。然后一直到你上飞机,我都不会离开你。我们甚至可以在坦帕过夜,再让你乘第一趟班机离开。"

"好的,谢谢,"纸牌焦急地说,"我愿意。我害怕这里。我感觉身边有危险。"她用手圈住他的脖子,"别以为我歇斯底里。"她吻他,"现在你可以走了。我只是不想和你分开。尽快回来。"

莱特打完电话,邦德帮她关上门,又反锁起来。

邦德跟着莱特到停车场取车时感觉隐约的不安。他无法想象,女孩可能会在这个和平、守法的地方受到任何伤害,或者是大先生令人吃惊地追踪到她在大沼泽,而金银岛上有一百个类似的海滩。但他尊重她非凡的直觉力,她的神经紧张使他心神不定。

看见莱特的汽车,他把这些想法从脑海中赶出去。

邦德喜欢跑车,他喜欢开车。他讨厌大多数美国车。它们缺乏欧洲汽车那种个性和手工感。它们只是形状、颜色,甚至连喇叭声都与欧洲车极为相似,设计只用一年,然后第二年就要换零件或是新车了。美国车还取消了变速器,代之以液压方向盘和海绵刹车片,从而消除了所有的驾驶乐趣。所有从欧洲司机那里学来的那些与机器和道路密切相关的技术与勇气都被一笔勾销。在邦德看来,美国汽车只是甲壳虫形状的电动碰碰车,用一只手握住汽车方向盘,油门踩到底,电动车窗关闭以避免风吹耳朵。但莱特有一辆老科德,为数不多的个性美国车,邦德欢呼着爬进低矮的轿车,听到齿轮良好的咬合声和宽大排气管那充满男子气概的排气声。十五年的车龄,他想,但仍然是世界上外观最现代的汽车之一。

他们驶上堤岸,越过水波不兴的宽阔水面。这堤岸把 20 英里长的窄岛与延伸到圣彼得斯堡及其郊区的宽阔半岛分离开来。

他们悠闲地行驶在横穿小镇的中央大道上,穿过了该镇停泊游艇的港湾、主要港口和大型酒店。邦德感受到了让这小镇成为美国"老伙计之家"的气氛。人行道上的每个人都是白发苍苍,穿着蓝白相间的疗养服。纸牌描述过的那条著名的达文波特人行道坐满了一排排老人,就像特拉法加广场的椋鸟。

邦德注意到女人们干瘪的嘴,在太阳下闪闪发光的夹鼻眼镜,青筋毕露、胸廓塌陷的胸部和杜鲁门T恤衫下裸露在阳光下的男性手臂。老太太们毛茸茸、稀疏的头发下露出粉红色头皮。老爷子们则大多一把头发也没有。老人们聚在一起絮絮叨叨，交换新闻和八卦，民间沙狐球和桥牌比赛日期的确定，子孙来信的传阅，关于商店和汽车旅馆价格的喋喋不休。

"这简直让人想爬进坟墓，放下棺材盖。"莱特在邦德恐惧的感叹声中说，"等到我们出去散步。如果他们看到你的影子出现在他们背后的人行道上，他们往旁边一闪就像你是前来查看他们银行债务的首席出纳员。这景象真可怕。让我想到银行职员中午意外回家，发现总裁在和他妻子睡觉。他回去告诉他在分类账务部门的朋友说：'天哪，伙计，他几乎抓住了我！'"

邦德笑了。

"你可以听到他们的口袋里所有金手表的嘀嗒声，"莱特说，"这个地方充满了殡葬业，当铺塞满了金表、共济会环、飞机碎片和装满头发的匣子，一切让你发抖的东西。等到你去米莉阿姨的馆子，看他们成群结队地啃玉米、牛排、杂拌和芝士汉堡，试图活到九十岁，这会让你对生命产生恐惧。"

"但这儿也并非全是老人，看看那边的广告。"他指着垃圾堆上的一块大广告牌，这是一个孕妇装广告，"斯图茨·海默 & 布洛克，"他说，"这是新产品！超乎我们的预期！还有两种。"

邦德呻吟着。"我们快离开这里，"他说，"这真是超出了我的承受范围。"

他们下到海滨只右拐,抵达水上飞机基地和海岸警卫队。这条街上没有老伙计,只有海港的通常生活——码头、仓库、船上杂货店、翻过来晒干的船、晾晒的渔网、海鸥的叫声。恶臭的气味吐入海湾。小镇后面的废料场上,标语横过车库:"自驾。帕特·格雷迪。微笑的爱尔兰人。二手车。"这是一个让人愉快的充满活力的提醒。

"最好走过去,散散步,"莱特说,"强盗的地盘就在下一个街区。"

他们把车停在港口旁边,往前闲逛,路过一个木材仓库和一些储油罐。然后他们再次左转向大海的方向行驶。

路的尽头是一个饱经风霜的木制小码头,从污泥堆向海湾延伸出20英尺。敞开的门后是一个狭长而低矮的波纹钢仓库。宽敞的双开门上画着白底黑字"街尾蛇有限公司。活蠕虫和诱饵供应商。珊瑚、贝壳、热带鱼。仅供批发。"其中一扇门上有一道小门,用闪闪发光的耶鲁锁锁着。门上写着标识:"私人重地,闲人免进。"

一个人背靠着门坐在厨房的椅子上,椅背倾斜,这样门可以支持他的重量。他正在擦一支步枪,看起来像一支雷明顿30。他用一根木制牙签剔牙,一顶破旧棒球帽倒扣在他头上。他穿着件白点汗衫,一丛汗毛从胳膊下露出来,下面是白色帆布裤子和胶底运动鞋。他四十岁左右,脸骨分明,皱纹纵横,就像突堤式码头上的系船柱。一张瘦骨嶙峋的脸,薄嘴唇,无精打采。他的肤色是烟草粉尘的那种黄褐色。他看起来残忍而冷酷,像一个扑克牌玩家和金矿电影里的坏人。

邦德和莱特走过他和码头。他们经过时,他没有抬头,但邦德感觉到他的视线跟着他们。

"即便这不是强盗,"莱特说,"也会是他的一个血亲。"

一只灰鹈鹕,弯腰驼背地站在突堤式码头末端的一个系船柱上。它与他们非常接近,然后不情愿地重拍了几下翅膀,朝水面向下滑翔。两个男人站在那里看着它慢慢沿港口上方飞行。突然它笨拙地落下来,它的长嘴垂在他的面前。它抓住了一条小鱼,生气地一口吞下。然后,沉重的鸟又飞起来,它在阳光下飞翔,继续捕鱼,当邦德和莱特转身走回突堤式码头,它放弃了捕鱼和滑翔飞回柱子上。它停在那儿扑腾翅膀,恢复其对晚餐的思索。

那人仍俯身擦枪,用含油抹布擦拭枪身。

"下午好,"莱特说,"你是这个码头的经理吗?"

"是的。"那人说,没有抬头。

"我想知道是否有机会把我的船托运到这儿。那边的船码头非常拥挤。"

"不行。"

莱特拿出他的钱包:"20美元够吗?"

"不行。"那人喉咙发出一声咳嗽,痰直接吐在邦德和莱特中间。

"嘿,"莱特说,"注意礼貌。"

那人思量了一下,抬头看着莱特。他有双眼距极小的小眼睛,"你的船叫什么名字?"

"西比尔。"莱特说。

"不是海湾的船,"那人说,"他单击步枪底部关上枪膛。枪随便躺在他的腿上,指向仓库方向,远离大海。"

"你消息真闭塞,"莱特说,"它到这儿一个星期了。6英尺长,双螺旋桨柴油机。船身白色,顶篷绿色。钓鱼船。"

步枪开始以较低的弧度懒洋洋移动,男人的左手抠着扳机,右手放在保险栓上。

他们站着不动。

男人坐着,懒洋洋地看,他的椅子仍然倾斜对着黄色小门的耶鲁锁。

枪抵住莱特的肚子,然后是邦德的。两人像雕像一样站在那里,而不是冒险动手。枪停止转动。它指向了码头。强盗抬头往上看,眯起眼睛,扣动了扳机。鹈鹕发出一声尖叫,他们听到了沉重的身体落到水里。枪声回荡在港口。

"你究竟要做什么?"邦德问。

"练习。"那人说。填入另一颗子弹。

"我猜这小镇上有一个美国防止虐待动物协会的分会,"莱特说,"我们去举报这家伙。"

"想被起诉非法入侵?"强盗问,慢慢站起来,把枪挎在胳膊下,"这是私人地产。现在,"他吐出这个词,"滚出这里。"他转身,把椅子从门边拉开,用钥匙打开门,一只脚横在门口。"你们都有枪,"他说,"我闻到了它们的气味。你们再次闯到码头来到这儿,我只是自我防卫。我有你们非法闯入威胁我人身安全的充分证据。去他妈的西比尔!"他轻蔑地进门,砰的一声,门关上了。

他们互相看了看。莱特沮丧地咧嘴一笑,耸了耸肩。

"与强盗的第一回合。"他说。

他们向尘土飞扬的支道走去。太阳正在落山,他们身后的大海映得一片殷红。当他们到达大路,邦德回头。门上挂着一盏大弧光灯,通往仓库的路被照得亮如白昼。

"前门不好试,"邦德说,"但没有哪个仓库只有一个入口。"

"正是我刚刚想的,"莱特说,"我们可以下次来访。"

他们上了车,沿中央大街慢慢开车回去。

在他们回去的路上,莱特问了一连串关于纸牌的问题。最后,他漫不经心地说:"顺便说一下,希望你喜欢我定的房间。"

"好得不能再好了。"邦德高高兴兴地说。

"很好。"莱特说,"我只是想到自己可能横插到你们两个中间。"

"你读太多温切尔小说了。"邦德说。

"这只是一个微妙的表达方式,"莱特说,"别忘了这些别墅的墙很薄。我的耳朵没沾上口红,当然听得见。"

邦德抓起一块手帕擦耳朵。

"你这讨厌的,讨厌的侦探!"他愤怒地说。

"你在干什么?"他无辜地问道,"我又不是在暗示你耳朵的颜色红得不自然。然而……"他在这个词里隐含了很丰富的含义。

"如果你发现自己今晚死在床上,"邦德笑了,"你会知道是谁干的。"

他们到达大沼泽时,还在互相开玩笑。当史蒂文森太太在草坪上欢迎他们时,他们正在大笑。

"对不起,莱特先生,"她说,"但我恐怕我们不能允许使用音箱。我们不能一直打扰其他客人。"

他们惊讶地看着她。"对不起,史蒂文森太太,"莱特说,"我不明白你的意思。"

"那台你派人送来的大型收音电唱两用机,"史蒂文森太太说,"太大了,包装箱没法通过房门。"

第十四章　身处险境

纸牌应该没有进行太多反抗。

莱特和邦德让女经理留在草坪上,他们冲到路尽头的小屋。他们发现她的房间没有什么闯入的痕迹,床上用品也仅仅略有皱褶。

她房间的锁被一个快速扳手撬开,那两个人一定是持枪站在那里。

"走吧,女士。穿上你的衣服。如果耍花招,我们会开枪。"

然后他们一定是堵住她的嘴或敲晕她,把她塞进包装箱,钉上钉子。卡车停靠的小屋后面有车胎痕迹,一台巨大的老式收音机几乎挡住了门廊。大概是二手货,只花了他们不到 50 块钱。

邦德可以想象纸牌脸上惊悚的表情,仿佛她就站在他面前。他痛苦地咒骂自己留下她一个人。他不知道为什么这么快她就被追踪到了。这又一次证明大先生庞大机器的运转效率。

莱特与设在坦帕的联邦调查局总部通话。"要盯住机场、铁路和高速公路，"他说，"你们很快会收到来自华盛顿的一系列命令，我已经和他们说过了。我保证这事会成为首要任务。非常感谢。不胜感激。我会来访。好吧。"

他挂了电话。"感谢上帝，他们很合作，"他对邦德说，后者站得笔直，用冷厉而空洞的眼睛瞪视大海，"他们马上派一批人过去，撒一张尽可能大的网。我与华盛顿和纽约沟通的时候，你尽可能从那个女经理那里获取信息。案发的确切时间、详细描述等。最好定性为一起入室盗窃案，就说纸牌和那几个人跑了，她会明白的。我们会把整个事件控制在通常的酒店犯罪层面。告诉她警察在路上，我们不怪大沼泽酒店，她会希望避免丑闻，就说我们也有同感。"邦德点点头。

"她和那些人一起跑了？"那也是可能的，但他不想朝那个方向想。他回到纸牌的房间并仔细搜索，房间里还有她的味道，那种清风青草的香味让他回想起他们一起的旅程。她的帽子和面纱在衣橱里，她的几件盥洗用品在盥洗间的架子上。他很快发现她的包，他知道自己相信她是对的。包在床底下，他想象枪对准她时她把它踢进去。他把包里的东西全部倒在床上，发现底衬里有东西。他拿出小剪刀，小心翼翼地剪掉几个线头，找到 5000 美元，他把钱放进他的钱包，它们留在他手里将是安全的。如果她被大先生杀害，他会用这些钱来为她复仇。他尽可能地掩盖撕裂的衬里，又把包里的其他东西装回去，然后把包踢回床下。

然后他去了酒店办公室。

直到八点钟,他们才把要处理的工作安排好。他们一起痛饮一番,然后去了中央餐厅,那里的其他客人刚刚吃完他们的晚餐。每个人都惊奇而恐惧地看着他们。这两个目露凶光的年轻人在这儿做什么?与他们一起来的女人在哪里?她是谁的妻子?今天晚上所有那些行为是什么意思?可怜的史蒂文森太太跑来跑去看起来非常心烦意乱,难道他们没有意识到晚餐是七点开始吗?厨房工作人员马上就要回家了。"如果食物冷了就给他们换热的。人必须为他人着想。"史蒂文森太太说。她想他们是政府的人,来自华盛顿。众人得出的一致意见是他们是灾星,大沼泽酒店没有精心选择客户可能会给大家带来麻烦。

邦德和莱特被服务生领到服务台附近的一张桌子前。菜单上是一串夸张的英语和洋泾浜法语。他们点了番茄汁、白汁沙司煮鱼,冰冻火鸡肉加蔓越莓,柠檬凝乳。他们忧郁地嚼着食物,餐厅里的老夫妻们相继离开,桌灯一盏接一盏熄灭。漂浮着一片芙蓉花瓣的洗手钵,是他们晚餐中最后接触到的东西。

邦德一言不发,莱特力图使他高兴一点。

"来吧,一醉方休,"他说,"这是糟糕一天的坏结尾。或者你想与老伙计们玩玩宾果游戏?据说今晚娱乐室有一场宾果游戏锦标赛。"

邦德耸了耸肩,他们回到起居室,沮丧地坐下来,喝着酒,盯着月光下银白色的沙滩,面向无尽黑暗的大海。

邦德喝到脑子麻木,他向莱特道了晚安,去了纸牌的房间,现在他已经将其接管。他爬进她温暖身体躺过的被窝。在睡觉之前,他已经打定了主意。天一亮,他就要追踪强盗,扼住他脖子逼他说出真相。他太专注于与莱特讨论这案子,他确信强盗一定在纸牌的绑架中扮演重要角色。他想起那男人残忍的小眼睛和苍白的嘴唇。然后他在想象中将强盗那骨瘦如柴的脖子从肮脏的汗腻T恤中提起,像捡起乌龟一样。他被窝里的双臂肌肉一下鼓起。最后,他打定主意,放松身体进入睡眠。

他睡到八点。他看了看手表上的时间,发出一声咒骂。他很快冲了个澡,睁着眼睛让水冲进眼里,直到双眼发红。然后他把浴巾围在腰上,走进莱特的房间。百叶窗的板条仍是放下来的,但有光线足以看到两张床都没睡过人。

他笑了,以为莱特可能已经喝完一瓶威士忌,在起居室的沙发上睡着了。他走过去。房间是空的。一瓶威士忌,还是半满,放在桌上,一堆烟头溢出烟灰缸。

邦德走到窗前,拉起百叶窗打开它。这是一个美丽清爽的早晨,但他顾不上看一眼。

然后,他看到了信封,在门前的椅子上,他把它捡起来。里面是一张用铅笔潦草写成的纸条。

"不得不思考,不想睡觉。约五点。我再去蠕虫和诱饵仓库看看。早起的鸟儿有虫吃。奇怪,纸牌被抢走时,那个射击特技艺术家坐在那里,就好像他知道我们在城里,为了防止劫持失败做好准备。如果十点还没回,呼叫国民军。坦帕88。费利克斯。"

邦德没有等。他刮干净胡子,穿上衣服,要了咖啡、面包卷和一辆出租车。短短十分钟后,所有东西都准备好了,他差点被咖啡烫伤。他正要离开小屋时听到起居室里的电话铃响,他跑了回来。

"布莱斯先生?这里是高地公园医院,"一个声音说,"急诊病房,我是罗伯茨医生。我们这里有位莱特先生找你。你能马上过来吗?"

"上帝啊。"邦德说,恐惧一下攫住了他的心。

"他怎么了?情况糟吗?"

"别担心。"那个声音说。

"是车祸,看起来像是肇事逃逸。他有轻微脑震荡,你能过来吗?他似乎想见你。"

"当然,"邦德说,松了一口气,"我马上过来。"

现在该怎么办,他匆匆穿过草坪时想。莱特一定是被殴打后丢在了路上。总的来说,邦德很高兴情况没有更糟。

当邦德在金银岛堤岸转弯时,一辆救护车超过他们,信号灯发出警报声。

"又出事了。"邦德从中央大道横穿圣彼得斯堡,右转弯沿着他和莱特前一天走过的那条路行驶。当他发现医院距离衔尾蛇有限责任公司只有几个街区时,邦德的怀疑似乎被证实了。

邦德付了车费,跑上了那令人印象深刻的建筑物台阶。宽敞的入口大厅有一个接待处。一个漂亮护士坐在桌子前阅读《圣彼得斯堡时报》的广告。

"罗伯茨医生在吗?"邦德问。

"哪个医生?"女孩看着他问。

"罗伯茨医生,急救病房的,"邦德不耐烦地说,"有个病人叫莱特,费利克斯·莱特。今天早上送来的。"

"这里没有叫罗伯茨的医生,"女孩说,她用手指着桌上的列表,"也没有叫莱特的病人。稍等一下,我呼叫病房。你说你的名字是什么?"

"布莱斯,"邦德说。"约翰·布莱斯。"

虽然大厅里很冷他却开始冒汗。他把手在裤子上擦了擦,努力避免恐慌。这该死的女孩居然不熟悉她的工作,应该换个有耐心的人坐在这张桌子后面,而不是一个花瓶。她高高兴兴地讲电话时,他急得把牙咬得咯咯响。

她放下话筒:"对不起,布莱斯先生,你一定弄错了。昨晚没有病人,他们从没听说过罗伯茨医生或莱特先生。你确定你到了正确的医院吗?"邦德没有回答,转身离开。他擦了擦额头上的汗水,他向出口冲去。

女孩做了个鬼脸,然后拿起报纸。

万幸的是,一辆出租车正在下客。邦德上了车,告诉司机火速载他回大沼泽酒店。邦德现在明白了,他们抓到了莱特,想引邦德远离酒店。邦德尚未找出解决困境的办法,但他知道,事态急转直下,主动权重新回到大先生和他的机器手中。

看到他下了出租车,史蒂文森太太冲了出来。

"你可怜的朋友,"她毫不同情地说,"他真的应该更小心。"

"是的,史蒂文森太太。你说的是什么意思?"邦德不耐烦地说。

"你刚走,救护车就来了。"这女人的眼睛随着坏消息闪亮,"莱特先生似乎是出了车祸。他们不得不用担架把他抬回来。一个好心的混血儿在负责。他说莱特很好但无论如何不要打扰他。可怜的孩子!连脸上都盖着绷带。他们说他们已经做过适当护理,待会儿会有医生来。如果有什么我可以……"

邦德没等她说完,就冲下草坪,跑到小屋,冲过大厅进入莱特的房间。

莱特的床上有一个人形的东西,上面盖着一张床单。脸上的床单,似乎纹丝不动。邦德咬紧牙关,他斜靠在床上,床上还是没有动静。

邦德一把抓掉了他脸上的床单。没看见脸,只是用脏绷带裹了一圈又一圈的东西,像一个白色的黄蜂巢。

他轻轻地把床单再拉下去一点。更多绷带,更多的伤口正在渗出鲜血。然后是一条麻袋覆盖的身体的下半部分。一切都浸泡在血泊中。

有一张纸从应该是嘴的地方伸出来。

邦德把绷带扯开,纸条掉了下来,他感觉到微弱的呼吸。他抓起床边的电话。他花了几分钟时间才让坦帕当局理解,他们会在二十分钟内赶到。

他放下话筒,模模糊糊地看着手中的纸。这是从一张白色包装纸上撕下来的一块,用铅笔写着:

他不同意某样东西吃掉他

（注：我们有更多这样的手段）

邦德像梦游者一样把这张纸放在床头柜上，然后他转过身来，对着床上的身体。他几乎不敢碰他，他担心呼吸的细小颤动突然停止。但他必须找到某些东西。他的手指轻轻地解开莱特头上的绷带。很快他发现几绺头发还是湿的，他把他的手指放进嘴里，有咸味。他拉出几绺头发，仔细观察它们，他对发生的事情已经了解了。

他看见浅草莓金的头发凌乱地耷拉在莱特的右眼上，有些灰白而滑稽，下面是扭曲的鹰隼般坚毅的脸。他想了一会儿，然后他把几绺头发缠回绷带，坐在另一张床上，安静地看着他朋友的身体，不知道能不能救他。

两个侦探和警局的医生赶到时，他以非常平静的声音告诉他们他所知道的一切。基于邦德已经在电话里告诉他们的情况，他们已经派了一辆警车去强盗的地盘。他们来到隔壁让外科医生一个人单独工作。

医生先完成他的工作，回到客厅，看上去很焦虑。邦德跳起来。医生倒在椅子上，抬头看着他。

"我想他会活过来，"他说，"但只有百分之五十的概率。这可怜的家伙伤得实在太重了。他的一只胳膊被卸掉了，左腿被弄掉一半。脸上一片血肉模糊，但只有浅表伤痕。该死的，不知道是什么东西干的。我唯一能想到的是一只动物或一条大鱼。有什么东西把他撕裂了。如果能送他去医院，我可以知道得更清楚。会有牙齿的痕迹留下。救护车应该马上就到。"

他们在沮丧的沉默中坐下来，电话断断续续地响了。纽约、华盛顿、圣彼得斯堡警察局都想知道码头上到底发生了什么事，但他们马上被告知要置身事外，这是联邦调查局的活儿。最后，带队去了强盗地盘的中尉从公用电话亭打来电话。

他们对强盗的地盘进行了地毯式搜索。除了一罐罐鱼和诱饵，一箱箱珊瑚和贝壳什么也没发现。强盗和两个在那里负责水泵和水温的男人已经被拘留，拷问了一个小时。他们的不在场证明被核查，并被证明像帝国大厦般坚实。强盗愤怒地要求见他的代理律师。律师被允许去见他们，他们被保释出来了。没有起诉他们，因为没有证据支持。案情一筹莫展。莱特的车在距码头 1 英里远的另一侧港湾被发现。车里有大量的指纹，但没有一个与那三个男人符合。

"我们会继续监视，"自称弗兰克斯上尉的年长警探说，"目前，华盛顿方面要求我们不惜一切代价抓住这些人。两个高级特工今晚飞过来，到时候他们会与警方合作。我会告诉他们在坦帕开始他们的密探工作，这不只是圣彼得斯堡的事情。再见。"

现在三点。警局救护车来了，与外科医生一起带着如此接近死亡的身体走了。那两个警察也离开了，他们承诺要保持联系。他们急于想知道邦德的计划。邦德回避了这一话题，说他会与华盛顿方面通话。与此同时，他能用莱特的车吗？是的，警局记录完成后，它将被直接带过来。他们走后，邦德坐在那里陷入了沉思。他吃了储藏室里的三明治，又喝了一杯酒。

电话铃响了，是长途。邦德发现自己在与中央情报局莱特所在部门的头儿通话。其要点是,如果邦德马上起程去牙买加,他们会很高兴。他们已经和伦敦方面商量过,取得了同意。他们该告诉伦敦,邦德将何时抵达牙买加。

邦德知道第二天有一架途经拿骚的飞机。他说会乘坐它。还有其他消息吗?哦,是的,中情局说。昨天夜间,来自哈莱姆的绅士及其女友已经乘飞机抵达古巴的哈瓦那。私人包机从一个叫作弗隆滩的小地方着陆东海岸。手续是齐全的,联邦调查局监视所有机场时没有费心把它囊括进来。中情局在古巴的人汇报了他们抵达的消息。是的,太糟糕了。是的,塞卡特尔号还在这儿。启航日期未定。哦,莱特的状况糟透了。希望他能挺过来。所以邦德先生明天会在牙买加吗?好吧。对不起,事情变得如此棘手。再见。

邦德想了一会儿,然后拿起电话,简短地与迈阿密水族馆东花园的一个人通话,咨询关于购买一条活鲨鱼放养在一个装饰性环礁湖中的事宜。

"唯一一家我听说过的承办此类业务的公司正好在您附近,布莱斯先生,"热心的声音说,"衔尾蛇蠕虫和诱饵公司。他们有大鲨鱼。他们与国外的动物园及诸如此类的公司做生意。白鲨、虎头鲨,甚至锤头鲨。他们会很乐意帮您。喂养它们要花费不少。您太客气了,任何时候您都可以再打来。再见。"

邦德拿出枪清洗,等待着。

第十五章　衔尾蛇公司的午夜

下午六点左右，邦德打包好行李，付了账单。史蒂文森太太很高兴再也不用见他。自上次飓风以来，大沼泽酒店从未经历过这样的恐慌。

莱特的车被送了回来。邦德开车到了城镇。他先去了一个五金工具店，买了各种工具。然后他找到一家烧烤店点了一份他见过的最大的牛排，半熟，油炸，这里光线不好，但气氛友好。他就着牛排喝了四分之一品脱的老人头波本威士忌和两杯浓咖啡。填饱肚子后，他开始感到干劲十足。

他一直在烧烤店待到晚上九点，然后他开始研究这个城市的地图，绕了个大弯，从南边抵达强盗码头所在的街区。他把车开到海边，下了车。

这是一个明亮的月夜，建筑和仓库投下巨大的靛蓝色影子。整个地方似乎很荒芜,没有声音,除了海水冲击防波堤发出的安静波浪声和空码头下潺潺的流水声。

防波堤顶部大约 3 英尺宽。他的影子与衔尾蛇公司仓库又长又黑的轮廓间隔着几百码远。

邦德爬上防波堤顶部,轻手轻脚地沿着大海往仓库方向前进。他靠得越近,机器的高声轰鸣声就变得越响亮,他顺着仓库背面宽敞的水泥停车位滑下来,机器轰鸣声变得微弱了。这正符合邦德的预期。这噪音来自空气泵和加热系统,这是保持鱼健康度过夜间的水温所必需的。此外他还猜测玻璃屋顶也应该不错,在白天让阳光射进来,这样鱼池的采光效果也会比较好,另外,通风。

他没有失望。与他的头顶一般高的整个仓库的南墙都是平板玻璃。透过它,他可以看到月光穿过玻璃屋顶。在高处有几扇宽敞的窗户打开了,让夜晚的空气流通。正如他和莱特曾预计的那样,下面有扇小门,但被锁上了,含铅铰链连接到附近的某个防盗铃电线。

邦德对门不感兴趣。凭着直觉,他隔着玻璃预选了一个入口。他寻找某种能垫高他 2 英尺的东西。在一个堆放有如此多垃圾的地面上,他很快发现他想要的东西。那是一个废弃的大尺寸轮胎。他把它滚到离门很远的仓库墙边,脱下鞋子。

他把砖头塞在轮胎两边以保持其稳定。水泵稳定的轰鸣声保护了他。他开始用他吃饭路上买的小玻璃刀和大块油灰行动起来。他先在玻璃上划出两道痕印,然后在玻璃中心贴上一大块油灰,像一个把手一样,然后他开始划另外两条痕印。

工作时他透过月光凝视这个巨大的存储库。无数排罐子放在狭窄通道隔开的木制货架上。仓库中央有一条宽阔的通道。邦德可以看到货架下面是放在地板上的长水槽和浅水箱，宽宽的货架上盖满了海贝壳。大部分鱼缸是黑色的，但是一些小灯从杂草和沙子上升起，映照着幽灵般、闪闪发光的小喷泉。有条轻金属带，邦德猜测这轨道可以把每排鱼缸中的任何一个单独拿出来，带到装货口或对生病的鱼进行隔离。在这扇窗户里是一个奇怪的世界，奇怪的行业。所有的蠕虫、鳗鱼和鲨鱼在晚上悄悄活动，成千上万的鱼鳃在呼吸。

一刻钟的细致工作后，一个轻微的破裂声响起，玻璃被他取下来。

他爬下来，把玻璃仔细地放在地板上，然后他把鞋子塞进衬衫下摆里。他现在只有一只完好的手，这双鞋可能会成为至关重要的武器。他侧耳倾听。没有声音，只有水泵节奏固定的噪音。他抬头看是否偶然有云朵遮住月亮，但是天空穹顶上除灿烂的星星外别无他物。他又站到轮胎顶部，他身体的一半轻松地通过他开的那个宽阔的洞。

他转过身，抓住头上的金属框架，把所有力量都集中在手臂上，弯折双腿通过窗洞后放下来，悬吊在装满贝壳的货架上面几英寸的位置。他降低自己，直到能用穿着袜子的脚趾感觉到贝壳背部，然后他用脚轻轻扫开贝壳，空出一段木板。最后他让全身重量轻轻压在木板上，它承受住了。过一会儿他跳到地板上，调动所有感官倾听机械声掩盖下的任何声音。

Live and Let Die

但他什么声音也没听到。他从衬衫里拿出那双内衬钢板的鞋，把它们放在清理过的木板上，然后手持铅笔手电筒在水泥地上慢慢走动着。

他在热带鱼仓库检查标签时，发现了鱼缸里发出的彩光，那些鱼儿看到有人靠近，纷纷转过来瞪着他。

这里有各种各样的鱼类——剑尾鱼、孔雀鱼、新月鱼、特拉鱼、信号灯鱼、丽鱼科鱼、迷宫鱼和天堂鱼。下面，地板上，装满了蠕虫和鱼饵：白色蠕虫、微蠕虫、水蚤、虾和密密麻麻的泥泞蛤蜊蠕虫。

空气中有股红树林沼泽那种恶臭气味，温度高达30度。很快，邦德开始微微冒汗，并渴望呼吸干净的空气。

走到中央走廊之前，他发现了一个目标——毒多鱼。他曾在纽约警察总部的文件中读过关于它们的记录，他记得当时他就想搞清楚衔尾蛇公司在搞什么特殊副业。

这里的鱼缸都较小，一般一个鱼缸里只有一条鱼。它们呆滞地看向邦德的眼睛，十分冷漠，灯光下偶尔一两条鱼露出一根毒牙或慢慢膨胀起身上的刺脊骨。

每个鱼缸都用粉笔画上一个不祥的骷髅标识，还写着"极度危险，敬请远离"。

至少有一百个不同大小的鱼缸，从较大型的电鳐和险恶的犁头鳐，到较小型的刺马鳗，来自太平洋的泥鱼，还有巨大的西印度蝎子鱼，应有尽有。

邦德的眼睛眯了起来，他注意到在所有标有危险标识的鱼缸里，底部的泥土或沙子占据了鱼缸近一半的空间。他选择了一个装有一条 6 英寸长蝎子鱼的鱼缸。他知道这个致命物种的某些习惯，它们一般只在遇到危险时才发动攻击。

鱼缸顶正好与邦德的腰际平齐，他拿出之前购买的多功能小折刀，打开了最长的刀片。然后斜靠着鱼缸，卷起袖子，用刀对准在鱼缸里流动的那个鱼头。当他的手打破了水面的平静，鱼背上的背刺可怕地顶起来，鱼身上的杂色条纹突然变成泥泞的棕色。它翼状的胸轻轻凸起，准备攻击。

邦德迅速突进，他用折刀刺穿庞大的鱼头，鱼尾巴疯狂摆动，他慢慢地把鱼拉出鱼缸，掉在地板上，让它在那里继续扑跳。

他斜靠着鱼缸，把手深插入泥和沙子的中心。

是的，它们就在那儿。他对毒鱼的直觉是正确的。他的手指感觉到深埋在淤泥之下的硬币的纹理，它们装在一个平坦的托盘里。他能感觉到木头的质地。他拿出一枚硬币，用手电照亮它。它看上去有现代 5 先令硬币那么大一块，这是金币，来自西班牙，铸有菲利普二世头像。

他看着鱼缸，打量它。一个鱼缸里应该有一千个金币，没有一个海关官员会想伸手进去摸一摸的，一看长着毒牙的刻耳柏洛斯①守卫，就能守住 1 至 2 万美元的财富。这些必定是塞卡特尔号最近一次航行中带来的货物。一百个鱼缸。也就是说每趟有价值 100 到 200 万美元的黄金进入美国。卡车将鱼缸运走，然后随便停在路

---

① Cerberus，刻耳柏洛斯，守卫地狱之门的三头恶犬。

上,有人会用胶皮包裹的钳子将把这些致命的鱼夹出来扔回大海或烧死。水和泥会被清空,金币会被清洗装袋,然后交给代理商。这些金币将流进市场,每一步都由大先生的机器严格控制。

这是一个根据大先生的哲学制订的计划,高效,技术优良,几乎万无一失。

邦德对此充满了钦佩,他弯下腰,把蝎子鱼戳起来,放回到鱼缸,避免向敌人泄露他所掌握的情况。

当他转身离开鱼缸,仓库里所有的灯突然亮了,一个站在大门口尖锐权威的声音说:"不许动!站好!"

邦德滚到鱼缸底下,他瞥见了在20码开外,站在大门口眯着眼睛用步枪瞄准他的强盗。他祈祷强盗打偏,而且祈祷自己潜入的鱼缸是有盖的。恰好它外面覆盖着铁丝网。邦德先下手为强,他抓住网子,从下一条通道爬了出来,他刚跑到屋角,步枪开火,他头上的蝎子鱼鱼缸爆裂开来,水涌了出来。

邦德在鱼缸中间快速撤退,退回到他唯一的避难所。正当他躲藏时,天使鱼的鱼缸像炸弹一样在他耳边爆炸。

他在仓库一端,强盗在另一端,间隔50码,他没有机会跳窗出去。他站了一会儿,调整呼吸和思考。他意识到鱼缸只能保护膝盖下的部位,他得在强盗的眼皮底下跑到下一个狭窄通道。不管怎样,他不能站着不动。当他正在思考时,强盗一枪打碎了一堆贝壳,碎片在他周围弹起,像黄蜂嗡嗡作响。邦德开始奔跑,另一枪穿过他的双腿中间,击中地板,一个藤罩保护的大玻璃瓶裂成了两半,一百多个海蛞蝓掉到地板上。邦德跑回去,向边上大幅跨步。他拔出贝雷塔手枪,在越过中央通道时开了两枪。他看见强盗跳起来躲避,一个鱼缸在他头上破碎。

邦德咧嘴一笑,这时他听到头顶的鱼缸被击碎。

他立即蹲下一只脚,朝强盗的腿开了两枪,但对他的小口径手枪而言,50码太远了。另一个鱼缸裂开了,第二枪射在了大铁门上。

强盗再次射击,邦德只能来回躲避。作为回报,他偶尔开一枪,让强盗保持距离,但他知道这场战斗要输了。那个人似乎有无穷无尽的弹药,而邦德枪里只剩两颗子弹,他口袋里也只有一个弹夹。

他来回穿梭,那些珍稀鱼类在水泥地上疯狂摆动,他弯下腰来捡女王贝壳和头盔壳,向敌人投掷它们。它们经常打中强盗头上的鱼缸,但这收效甚微。他想打掉灯泡,但两排灯至少有二十盏。

最终邦德决定放弃。他有一个撤退战略,在战斗中有所变化比在这耗尽自己好。

当他通过一排鱼缸时,其中一个裂开了,他把它推到地板上。这是半箱的罕见的暹罗斗鱼。令邦德感到满意的是,随着这个鱼缸坠毁,其他鱼缸也掉在地板上碎成碎片。邦德在支架上清理出一个宽敞空间,他飞快地捡起他的鞋子,冲回桌子,跳了起来。

强盗没有射中他,屋里响着水泵的轰隆声、破鱼缸的水滴声和濒临死亡的鱼类的摆动声。邦德穿上鞋子,系紧鞋带。

"嘿,英国佬,"强盗耐心地喊,"出来吧,否则我要开始使用炸弹了,我有足够的弹药。"

"我投降,"邦德举起颤抖的手回应,"但是你打碎了我的一只脚踝。"

"我不开枪,"强盗喊,"把你的枪扔在地板上,举起手来,走到中央通道。我们可以简单聊几句。"

"我别无选择,"邦德说,试图在他的声音里加入绝望。他把贝雷塔手枪哐的一声丢到水泥地上。他抓住口袋里的金币,用缠着绷带的左手紧紧握住。

邦德呻吟着,把脚放在地板上。他一瘸一拐地拖着左腿走向中央通道,手与肩举平。走到一半时,他停了下来。

强盗慢慢向他走来,他的枪指着邦德的肚子。邦德高兴地看到,他的衬衫湿透了,一道伤口横过他的左眼角。

强盗沿通道左边前行,距邦德约10码远时,他停了下来,一只脚随便放在水泥地板上一个小突起物上。

他用步枪示意。"举高点儿。"他严厉地说。

邦德呻吟着,举高他的手几寸,使它们几乎横过他的脸,好像在防卫自己。

在指缝间他看到了强盗的脚趾踢中了什么东西,一阵微弱的叮当声响起,好像一个机关被触动。邦德的目光一闪,下巴一紧。他现在知道在莱特身上曾发生了什么事。

强盗过来了,他冷硬而瘦弱的身体遮盖住他刚才站的地方。

"上帝保佑,"邦德说,"我要坐下。我的腿无法支撑我。"

强盗停在离他几英尺远的地方:"继续走,我要问你几个问题,英国佬。"他露出烟草渍瘢的牙齿。

"大鼻子王八蛋。"强盗说。

就在那时,邦德用左手扔出金币。它们落到水泥地上,开始滚动。

就在几分之一秒的时间,强盗往地上看了一下,邦德飞起右腿,几乎踢飞了强盗手中的枪。同时,强盗扣动了扳机,子弹无害地通过玻璃天花板。邦德一下冲向强盗,两手捏成拳头打向强盗的下身。

强盗痛苦得大叫。邦德的左手也受到猛烈撞击十分疼痛,他还没起身,强盗用步枪猛撞他的背,他疼得缩了回去。邦德再次用钢板鞋猛烈痛击对手,击中强盗的膝盖骨。强盗试图拯救自己时发出痛苦的尖叫声,步枪滚到地面。邦德又冲上去几记上勾拳猛打,强盗倒在通道中央,躺在他刚才触动的机关对面。当强盗身体撞到地面,地板一下裂成两半,强盗的身体几乎立刻消失在混凝土地板上的黑色活动板门里。强盗发出恐怖刺耳的尖叫,他双手抓住地板的边缘,全身悬在空中。

邦德喘着气,叉着腰恢复呼吸。然后,他走到陷阱的边缘,向下看了看。

强盗吓坏了,他的嘴唇紧闭,眼睛瞪得很大,嘴里含糊地说着什么。

邦德什么也看不见,但他听到水冲刷仓库地基的声音,朝海一侧有微弱的光。邦德猜测那里有一个通向海洋的出口。

当强盗的呜咽声平息,邦德可以听到一些激动人心的声响。通过这剧烈的声响,邦德猜想是锤头鲨或虎鲨。

"拉我出去,朋友。救救我。拉我出去。我扛不住了。我什么都听你的,什么都告诉你。"强盗声音沙哑,低语恳求。

"纸牌怎么样了?"邦德低头看着他疯狂的眼睛。

"大先生做的。他让我在坦帕找了两个人。她在'绿洲'背后的弹子房。她没有死。让我出去,朋友。"

"美国人莱特呢?"

强盗面孔扭曲,拼命辩护:"那是他自找的,他今天早上一大早叫我出去,说这地方着火了,他坐在车里看见的。他把我拉到这里,想要搜查这地方,就摔进了陷阱。纯属意外。我发誓这是他的错。我在他完蛋之前把他拖了出来,他会没事的。"

邦德冷冷地看着他用发白的手指拼命抓住边缘,他知道必定是强盗在背后启动螺栓,以某种方式造成莱特掉进陷阱。他可以想象地板分开时,这男人胜利的笑声,当他们最终捞出莱特被吃掉一半的身体时,他残酷的笑容,还有他用笔写了那张纸条并把它粘在绷带上的表情。

愤怒抓住了他。

他狠狠踢了两脚。

一阵短促的尖叫从地下深处传上来。水花四溅,然后在水里引起巨大的骚动。

邦德走到天窗的一边,按下中央枢轴,陷阱口的混凝土板旋提上来。

在陷阱关闭之前,邦德听到一个可怕的呼噜声,好像一头灌满水的大猪。他知道这是鲨鱼从水里伸出可怕的扁鼻子,镰刀形的嘴扑向漂浮在水面的躯体的声音。他战栗了一下,把螺栓踢回去。

邦德收集散落在地板上的金币,拿起他的贝雷塔手枪。他走到大门口,回头看了一眼混乱的战场。

没有什么迹象显示宝藏的秘密已被他发现。先前邦德跳入其中的蝎子鱼鱼缸已被子弹打裂。在早晨时他们发现鱼死在鱼缸里不会惊讶。他们可以从鲨鱼池找到强盗的残躯。大先生会收到一份详细的报告,在塞卡特尔号带来下一批货物前必须花几万元才能修理好这里。他们也许还会发现一些邦德的子弹,从而猜到这是他的杰作……

邦德冷酷地抹掉地板下的恐怖对他造成的震撼。他关掉灯,从大门出去。

他为纸牌和莱特追回了一点利息。

Live and Let Die

第十六章　牙买加事务

现在是凌晨两点。邦德开着车缓缓从海堤穿过小镇，驶向第四大街——坦帕市的高速公路。

他沿着四车道的水泥公路缓缓行驶，经过了无数汽车旅馆、拖车营地和卖海滩家具、贝壳和塑料小矮人的路边商业中心。

他停在海湾之风快餐吧，叫了双份原产悉尼岩石区的老爷威士忌。酒保倒酒时，他走进洗手间清洗自己。他左手的绷带满是泥土，肌肉痛苦地跳动。夹板在揍强盗时裂开了。邦德对此也无能为力。他的眼睛因疲劳和睡眠不足而充血。他回到酒吧，干了那杯波本威士忌后又再叫了一杯。酒保看起来像一个假期勤工俭学的大学生。他欲言又止，离开了邦德。邦德坐下来，看着他的酒杯，想起了莱特和强盗，想着那令人作呕的鲨鱼进食声。

他付了钱，走出去，再次到了铁路工人桥，海湾冷冽的空气扑面而来。过了桥他左拐向机场，停在一家看来还在营业的汽车旅馆门口。

拥有这个地方的中年夫妇正在听来自古巴的伦巴乐节目，他们面前摆着一瓶黑麦酒。邦德编了从萨拉索塔到银泉路上爆胎的故事，他们不感兴趣，只是很高兴地收了他10美元。他把车停在5号房门口，男人开了门，打开灯。里面有一张双人床、一间浴室和一个有抽屉的柜子及两把椅子。主色调是白色和蓝色，看起来还挺干净。邦德感激地把包放下，道了晚安。他脱得精光，把衣服卷成一卷扔进椅子里。然后他快速冲了个澡，刷了牙，用强效漱口水漱了口，爬到床上。

他立刻陷入平静无扰的睡眠。这是从他来到美国后第一次不用在第二天面临全新的战斗威胁。

他在正午醒来，走进一家自助餐厅，吃了美味的三层三明治，喝了一杯咖啡，然后回到房间，给在坦帕的联邦调查局写了一份详细的报告。他怕会打草惊蛇导致大先生暂停牙买加业务，所以省略了毒鱼鱼缸里金币的相关情况。此事还有待进一步发掘。邦德知道他在美国的任务的核心是发现金币的来源，截获金币和（如果可能的话）消灭大先生本人，而不是与这些小人物打交道。

他开车去机场搭乘那架几分钟后就要起飞的银色四引擎飞机。就如他在报告中告诉联邦调查局的那样，他把莱特的汽车留在停车位上。他猜他不需要特意向美国联邦调查局提这事儿，因为他看见一个男人身穿一件完全没必要的雨衣在纪念品商店闲逛，什么也不买。

Live and Let Die

那雨衣几乎是联邦调查局的象征。邦德肯定他们想亲眼看他上飞机。他们会很高兴再也不用看到他。他在美国走到哪儿就留下一地尸体。登机前他给圣彼得斯堡医院打了电话。他希望他没有打过电话,莱特还未苏醒,没有任何消息。是的,如果有明确消息他们会给他发电报。

现在是凌晨五点,他们绕过坦帕湾,向东飞行。太阳还在地平线之下。一架来自彭萨科拉的大喷气式飞机越过天空,在空中留下四条近乎静止的喷气痕迹。它将很快着陆,回到挤满了身着杜鲁门T恤衫的老人的墨西哥湾沿岸。邦德很高兴可以离开巨大冷酷的黄金国大陆,去往浅绿色的牙买加。

飞机越过佛罗里达上空,越过绵延数英亩的、没有人类居住的丛林和沼泽,翼灯在黑暗中闪烁着绿光和红光。不久它飞过迈阿密和东部沿海地区的丛林,翼灯与霓虹一起闪烁。去港口的路——1号国道——消失在海岸边汽车旅馆、加油站和果汁店组成的金色丝带旁,从棕榈滩经代托纳到300英里外的杰克森维尔。邦德想起三天前他在杰克森维尔的早餐以及在此之后发生的一切。很快,经过在拿骚的短暂停留后,他将飞到古巴,也许还会经过大先生藏匿纸牌的地点。她也许会听到飞机的声音,她的本能会让她抬头望向天空,在他经过的那一刻让她有所感觉。

邦德想知道他们是否还会再见面,再续他们已经开始了的缘分。但也许那会是在很久之后,他的工作已经结束时——作为他三个星期前在伦敦的雾气中开始的危险旅程的结束奖品。

一杯鸡尾酒和一顿过早的晚餐后他们来到拿骚,在这个世界上最昂贵的岛上待了半个小时。这儿的赌场桌面上押着上亿英镑,露兜树和木麻黄树环绕的小平房一间就要五万英镑。

他们很快离开了这个银灰色的小岛,飞到了哈瓦那闪烁着珠母色灯光的上空,它们的柔和庄重如此迥异于美国城市夜间的刺目的灯光。

他们飞行在一万五千英尺的高空,在古巴上空冲进了一个暴烈风暴带。飞机瞬间从舒适客厅变成桶形死亡陷阱。大飞机摇摇晃晃,忽上忽下,螺丝在真空中咆哮,向冷冽的固态空气墙尖锐撞击着。脆弱的电子管战栗摇摆,餐具在储藏室中飞了起来,暴雨敲打着有机玻璃窗户。

邦德抓住椅子扶手,这导致他的左手很痛,他轻轻咒骂自己。

他看着杂志架,心想:当您身处一万五千英尺高空时,什么都于事无补。浴室的古龙水,个性化的膳食,旋转式刮胡刀,在冰箱里绽放的给"您夫人的兰花"都一样毫无用处。最没用的就是乘务员演示的安全带和救生衣,那闪着红光的可爱小救生灯也是如此。

不,当惰性金属压力过大时;当早在伦敦、爱德怀特、甘德或蒙特利尔等机场检查除冰设备的地面机械师爱情受挫,心不在焉时;当这些事情发生时,这个带螺旋桨的温暖小房子将面临直接从空中坠入大海或地面的危险,它比空气重,不靠谱且自负。

四十个比空气重的人,不靠谱地待在这种更不靠谱的飞机中,满怀着更大的自负,与飞机一同坠落下去,在陆地上砸出小洞或在海里溅起小浪花。他们的命运会怎样,为什么要担心呢?你与拿骚机场地面机械师粗心的手指连在一起,就像当你悄悄从隐秘地点驾车回家时,与你迎面撞过来的那辆家用轿车上那个把红灯看作绿灯的瘦弱男人和你连在了一起,第一次也是最后一次,没什么可做的,从出生那一刻起你就在走向死亡。

整个生命就是一个被各种死亡可能性不断切割的过程,所以放松点儿。点燃一根香烟,把烟深深地吸进肺里时感激你还活着。你的守护星已经让你在呱呱坠地后走了相当长的一段路。也许它们甚至会保佑你今晚去到牙买加。难道你没听到那些在控制塔欢快响起的声音吗?"英国海外航空公司降落。泛美航空降落。荷航降落。"难道你没听到他们叫你降落的声音吗:"泛加勒比航空降落,泛加勒比航空降落。"不要对你的守护星失去信心。别忘了昨晚你也面临来自强盗枪管的死亡威胁。但你还活着,不是吗?你瞧,我们已经脱身了。只是不要忘记,这只是提醒你,拔枪快并不意味着你真的很厉害。承蒙你的守护星,帕尼萨多斯机场到了。好好感谢它们。

邦德放松安全带,擦了擦脸上的汗水。

见鬼去吧,他想。他走下那架庞大的飞机。

加勒比海首席特工斯坦基维斯在机场迎接他,他很快通过海关、移民局和商务部的检查。

出机场时约晚上十一点,夜静谧而热闹。从机场道路两旁的仙人掌丛中传出尖锐的蟋蟀叫声,邦德感激地沉醉在热带地区的这种声音和气味里。汽车径直穿过金斯顿,直奔月光下闪闪发光的蓝山山麓。

他们只是间或说一两句,直到他们在斯托里山脚下联合大道上斯坦基维斯家那座整洁白房子的舒适阳台上安顿下来。

斯坦基维斯给他俩一人倒了一杯加苏打水的烈性威士忌，然后对整个牙买加的情况进行了简要的介绍。

他是一个瘦削而幽默的人，约三十五岁，英国皇家海军志愿后备队政治保安处的前少校。黑色眼罩遮住了他的一只眼，鹰隼般的英俊外表，驱逐舰般笔直的鼻梁，面部轮廓线很深。邦德从他快速的手势和简洁的句子中感觉到，他紧张而易激动。他肯定是个高效率的人，有幽默感，没有任何迹象表明他猜忌总部来的人插手他地盘上的事务。邦德觉得他们会相处得很好，期待与他的合作。

斯坦基维斯告诉邦德，一直传言，惊奇岛有宝藏，血腥摩根又进一步证实了这一谣言。

小岛位于联合大道末端的一个港口——鲨鱼湾的正中心，横越从金斯敦到北海岸的整条海岸线。

那位伟大的海盗把鲨鱼湾建成其总部。他喜欢在他自己和皇家港州长之间隔着整个岛的宽度，这样他可以神不知鬼不觉地出没于牙买加水域，州长也喜欢这种安排。国王希望对摩根的海盗行为视而不见，直到西班牙人被清理出加勒比。这事儿完了之后，摩根被授予骑士身份并就任牙买加总督。直到那时，他必须收敛自己的海盗行为以避免与西班牙的战争。

因此，摩根以鲨鱼湾为要塞监守自盗了很长一段时间。他建了三座相邻的房子，以他在威尔士的出生地命名为纳兰拉姆利。这些房子被称为"摩根的""博士的"和"夫人的"。至今人们能在它们的废墟中找到一些小饰品和钱币。

他的船总是停在鲨鱼湾。他把它们斜靠在惊奇岛背风面。海湾除了陡峭的珊瑚礁和石灰岩什么也没有,到顶上有约 1 英亩宽的平地。

1683 年,他离开牙买加后就再没回来。当时他正被其同行试图以无视王权的罪名公开抓捕。他在牙买加某处留下了他的宝藏,当他死于贫穷时也没有告诉别人宝藏在那里。那宝藏一定是处巨大的财富囤积,是他无数次突袭伊斯帕尼奥拉岛、普拉特珠宝船、绑架和掠夺的成果,但它消失无踪了。

人们总是认为这个秘密就藏在惊奇岛的某个地方,但两百年来寻宝猎人们潜水和挖掘都没有结果。斯坦基维斯说,就在六个月之前,发生了两件事。一个年轻渔夫在鲨鱼湾村失踪,此后再无消息;一个匿名的来自纽约集团以 1000 英镑从纳兰拉姆利庄园(如今是一个盛产香蕉和奶牛的庄园)所有者的手中买了惊奇岛。

交易后几周,塞卡特尔号游艇驶入鲨鱼湾,停在岛屿背风处的摩根此前停泊船只的地方,船员全是黑人。他们在小岛山崖上开凿了一道梯子,还搭了许多低洼棚屋——在牙买加被称为"茅草棚"。

他们的食物似乎是自供的,只从海湾渔民手中购买新鲜水果和水。

他们沉默寡言,井然有序,不惹麻烦。他们向海关解释,他们在邻近的玛丽亚港遭到驱逐,他们为圣彼得斯堡的衔尾蛇有限公司捕捞热带鱼,特别是有毒的品种,收集罕见的贝壳。除了向鲨鱼湾、玛丽亚港和奥拉卡贝萨的渔民大宗采购外,他们还建立了自己的捕捞系统。

一周以来，他们在岛上进行爆破作业，他们说这是为了挖掘一个大型的养鱼池。

塞卡特尔号开始了在墨西哥湾两周一次的往返航行。人们用双筒望远镜监视证实，每次航行之前，的确有鱼缸被装上船。有半打人留守岛屿。接近该岛的渔船会被悬崖底部的一个哨兵警告。他整日在一个狭窄的突堤式码头上钓鱼，塞卡特尔号也是在他钓鱼的地方停泊。

没有人能在白天成功登陆岛屿。有过两次偷爬上去的事，但人都死了，没有人再试图靠近。

第一次尝试是一个在宝藏的刺激下想要上去寻宝的当地渔夫，他不相信那些人是来找热带鱼的。他在一个漆黑的夜晚游向小岛，第二天尸体被冲回了珊瑚礁，只剩下被鲨鱼和梭鱼啃得干干净净的躯干和大腿遗骸。

就在那个渔夫快到达鲨鱼湾的岛屿时，整个村庄被最可怕的噪声笼罩，声音似乎来自岛屿内部。人们认为这是被敲响的巫术鼓。它开始声音不大，慢慢如同雷鸣一般，持续了大约五分钟。

从那一刻起，人们认为那个岛被诅咒了，或被施了牙买加人所谓的巫术。即使是白天，渔船均会与之保持安全距离。

那时，斯坦基维斯开始对此感兴趣。他做了一个完整的报告传到伦敦。他分析说：自 1950 年以来，由于雷诺兹金属和凯泽公司建在岛上的大型铝土矿矿床开发，牙买加已成为一个重要的战略目标。据此斯坦基维斯认为，惊奇岛上很可能是为了提防战争而正在建立一座潜艇基地，尤其是鲨鱼湾正好位于雷诺公司位于几海里外的奥乔里奥斯新铝土矿港口范围内。雷诺公司的船必须经过鲨鱼湾。

伦敦方面听取报告后,将其转给华盛顿,真相逐渐曝光:购买此岛的纽约联合公司为大先生全资拥有。

就在三个月前,斯坦基维斯受令不惜一切代价渗入岛上,摸清岛上正在进行什么事情。他采取了一系列行动,他租了鲨鱼湾西上角一处名为"美丽荒漠"的房产。它里面包括了一个著名的19世纪早期牙买加豪宅废墟,以及一座现代美式海滨度假小屋,正面对塞卡特尔号背靠惊奇岛的停锚处。

他从百慕大海军基地要来两个非常好的游泳健将,透过望远镜和夜视镜对岛屿进行日夜监视,但没发现什么可疑的东西。一个漆黑的平静夜晚,他派这两个游泳健将对岛屿基地进行水下探测。

斯坦基维斯描述了他当时的恐惧,他们出发后刚游过300码,岛屿上的悬崖里面响起可怕的击鼓声。

那天晚上,那两个人都没回来。

第二天,他们的尸体(更确切地说,鲨鱼和梭鱼食用后的残余部分)被冲到海湾的不同地方。斯坦基维斯叙述到这一点时,邦德打断了他的话。

"等一下,"他说,"是什么种类的鲨鱼和梭鱼?在这些水域中的鱼类通常都不野蛮,在牙买加附近海域鲨鱼和梭鱼的数量不多,而且它们晚上通常不进食。不管怎么说,我不相信它们会主动攻击人类,除非水里有血。它们偶尔会出于好奇心而咬一只白生生的脚。牙买加附近海域的鱼类从前有过类似行为吗?"

"自1942年一个女孩在金斯顿港被咬掉一只脚以来,没有再发生过任何一起案例。"斯坦基维斯说,"当时,她被快艇拖行,上下翻转,她的脚看起来一定特别美味可口。每个人都同意你的理论。我的人带了锋利的捕鲸叉和小刀,我想我已竭尽所能去保护他们。太可怕了,你可以想象我的感受。从那时起,我们什么都不敢做,只能想办法通过殖民办公室和华盛顿获取合法的搜岛令。你看,该岛现在属于美国。但这慢得要命,特别是这种与他们无关的事。他们似乎在华盛顿受到很好的保护,拥有聪明的国际律师。我们完全被卡住了。伦敦方面告诉我坚持下去,直到你来。"斯坦基维斯喝了一大口威士忌,期待地看着邦德。

"'塞卡特尔号'的航程怎样?"邦德问道。

"仍在古巴。据中央情报局,它一周来一次。"

"它来了多少次了?"

"二十次。"

邦德以15万美元乘上二十。如果他的猜测是正确的,大先生已经从岛上带走了价值一百万磅的金币。

"我已为您做了一些临时安排,"斯坦基维斯说,"美丽荒漠有一座房子。我给您弄了一辆适合这种道路的阳光塔尔博特双门跑车,轮胎崭新,速度很快。我找了一个好小伙儿给你打杂,一个叫作科瑞尔的开曼群岛人。加勒比海水性最好的渔夫,非常敏锐,不错的小伙子。我租了西印度柑橘公司在海牛湾的宿舍。它位于岛屿另一端。你可以休息一个星期,进行一些特训,直到'塞卡特尔号'进港。你需要恢复,如果你想尝试接近惊奇岛,那身体得练得很棒才行。有什么其他我能做的吗？当然，我会尽力帮您，但我必须待在金斯顿附近，与伦敦和华盛顿保持联络。他们会想知道我们所做的一切。你想我安排其他什么吗？"

邦德已经做出决定。"是的，"他说，"你可以请求伦敦让海军部借给我们一套他们的蛙人装备和压缩空气瓶。两三支水下鱼叉枪，法国的'冠军牌'是最好的。还有最好的水下电筒。一把特种兵匕首。再从自然历史博物馆搞点麻醉药和一些美国在太平洋地区曾用过的那种驱鲨药。准备齐了请英国海外航空公司直接送过来。"

邦德停了下来。"哦，对了，"他说，"还有战争期间我们的突击队用来破坏船只的水下爆破弹以及各式各样的引爆装置。"

第十七章　殡仪员的风

带着一片绿叶的番木瓜，一大盘红色香蕉、紫星苹果和橘子，炒蛋和熏肉，蓝山咖啡，紫得发黑的番石榴果酱（世界上最美味的牙买加果酱）。

邦德穿着短裤和凉鞋在阳台上用早餐。俯瞰阳光照耀下的金斯顿和皇家港口全景，他认为他很幸运，这美妙的时刻是对他职业生涯中黑暗和危险的安慰。

邦德非常熟悉牙买加。战争刚结束时他在这儿执行了一项长期任务。那是一项混乱和不确定的工作，但他逐渐开始爱上这个伟大的绿色岛屿及岛上那些坚定而幽默的人。现在他很高兴回来，并且在工作开始之前他还能休整一个星期。

早餐后，斯坦基维斯出现在阳台上，带来一个身材高大、浅褐色皮肤的男子，身着一件褪色的蓝色T恤和褐色斜纹布裤子。

这一定是那个开曼岛居民科瑞尔了。邦德立刻喜欢上了他。他身上有克伦威尔时代士兵和海盗的双重血统,面庞棱角分明,紧抿的嘴角透出坚毅自信。他的眼睛是灰色的,只有笔挺的鼻梁和浅黑色的手掌呈现黑人特征。

邦德握了握他的手。"早上好,船长。"科瑞尔说。对于一个水手来说,这是他知道的最高头衔。但是他的声音里没有一丝讨好或谦卑,好像他与其他船员说话一般。他是如此直接而坦率。

那一刻决定了他们之间的关系。就如昂首阔步的苏格兰领主与他的猎犬一样,权威是不言而喻的,但没有卑贱高下。

讨论完他们的计划后,邦德开着科瑞尔从金斯顿带来的小汽车出发了。他们行驶在联合大道上,留下斯坦基维斯去准备邦德需要的东西。

他们九点前下了车,天气还很冷。他们越过那条像鳄鱼背脊般的山脉。这条路在通向北部平原时变得平缓,路旁有世界上最美丽的风景,热带植被随海拔高度而变化。高地的侧翼覆盖着竹林,其间点缀着闪闪发亮的绿色面包果树和乌木、桃花心木、加勒比苹婆木和洋苏木等较矮的森林灌木丛。他们抵达阿噶尔塔淡水河谷平原时,又是一片甘蔗和香蕉的绿色海洋延伸到遥远的地平线,以及沿着北部海岸生长的棕榈树林。

科瑞尔是很好的旅伴和奇妙指南。他们经过著名的卡斯尔顿棕榈花园时,他谈到了活板门蜘蛛。他讲述他所见证的一场巨型蜈蚣和蝎子之间的战斗,还解释了雌雄番木瓜间的差异。他讲述了森林中的毒药和热带草药的治疗功效,棕榈仁的压力累积到一定程度便会自行崩开其硬壳,蜂鸟舌头的长度,以及母鳄鱼如何把排列好的小鳄鱼们衔在嘴里,就像罐头中的沙丁鱼。

他说得很确切但是没有用专业术语,用的是牙买加说法,"努力"说成"战栗","飞蛾"说成"蝙蝠",用"爱"来代替"喜欢"。他会挥手向路上的人打招呼。他们会向他挥手,喊出他的名字。

"你看起来认识很多人。"邦德说,当一个挡风玻璃上印着巨大"浪漫"字样的巴士司机用喇叭声向他表示欢迎时。

"上校,"科瑞尔回答,"我每周走两次这条路。很快牙买加的每个人都会认识您。他们什么都知道。"

十点半,他们经过玛丽亚港口,驶上通往鲨鱼湾的那条崎岖窄小的支路。跑了一段路,鲨鱼湾突然出现在他们脚下,邦德停下车,走了下来。

海湾是新月形的,长度约为四分之三英里。蓝色海面被微风吹起涟漪,这风是起源于 500 英里以外的墨西哥湾东北信风的边缘,然后开始它巡游世界的旅行。

距离他们所站的地方 1 英里,有一条长长的隔离带,海湾外的珊瑚礁和狭窄的平静水域是进入停锚地的唯一入口。在新月形中心,惊奇岛陡然从海平面冒出水面 100 英尺高,微波冲刷着东边的基石,背风处却是平静水域。

小岛几近圆形,看起来像天蓝瓷盘中一个顶着绿色糖霜的灰色大蛋糕。

他们在约高于棕榈树环绕的海湾背后那片渔民小屋 100 英尺的地方停了下来。他们与小岛平坦的绿色顶端保持在同一水平线,相隔半英里远。科瑞尔指着岛中心树丛中茅草棚屋的茅草顶。邦德透过科瑞尔的望远镜仔细审视它们。没有生命的迹象,除了随风而散的一缕细细炊烟。

棚屋下方是淡绿色的海水,白色的沙滩。往前至环岛 100 码水域,水的色调逐渐加深为深蓝色,内礁水下边缘褐色星星点点形成一个宽宽的大半圆。然后海水再次变成点缀着浅蓝和碧绿色宝石的深蓝。科瑞尔告诉他塞卡特尔号的锚固深度约 30 英尺。

在他们左边,海湾西部中间位置,树林深处后面那个白色小沙滩是他们的行动基地——美丽荒漠。科瑞尔介绍了一下布局,邦德花了十分钟检查美丽沙漠与对面小岛塞卡特尔号停锚处之间的 300 码海域。

总之,邦德花了一小时侦察地形。没有靠近房子或小村,然后他们返回汽车回到海岸公路主干道。

他们开车穿过美丽的小香蕉港奥拉卡贝萨,经过有着巨大崭新铝土矿工厂的奥乔里奥斯,驶向沿北海岸两小时路程的蒙特哥湾。现在是 2 月,最热闹的季节。小村庄和大型酒店都沐浴在他们盼望了整整一年的为时四个月的淘金季。他们停下来在海湾另一边的小客栈吃午饭,然后顶着酷热,开车通过岛的西端。

因为巨大的沿海沼泽,这里自哥伦布偶然把海牛湾作为停锚地以来什么都不曾发生。牙买加渔民占据了阿拉瓦克人、印第安人的地盘,但除此之外时间似乎停止不动了。

邦德认为这是他所见过的最美丽的海滩,500 英里的白沙松,背后是延伸到地平线的优雅棕榈树。树下,灰色独木舟停在粉红色的废弃海螺壳堆旁,沼泽地与大海间阴凉地带的棕榈草顶小屋顶上升起缕缕炊烟。

在小屋中间的一块空地上,粗糙的绊根草草坪上,是建在柱子上的西印度柑橘公司员工的周末度假小屋。建在柱子上是为了防止海湾的白蚁,也很好地避开了蚊子和白蛉。邦德驾车离开凸凹不平的小道,停在房子前。科瑞尔选择了两个房间并开始收拾它们,邦德则将毛巾绕在腰上,穿过棕榈树,走到20码开外的大海边。

他在温暖而富有浮力的水里游乐消磨了一个小时,想着惊奇岛和它的秘密,把这300码海域地形牢牢记在了他的脑海里,思索着鲨鱼、梭鱼和大海中的其他危险。

走回小木制平房,邦德被白蛉咬伤了。科瑞尔看到他背上的挠痕,咯咯地笑了。

"没办法躲开他们,上校,"他说,"但可以不痒。你最好先冲个澡把盐冲掉,这些虫晚上只会出来一小时,它们喜欢把盐当晚餐。"

邦德走出浴室,科瑞尔拿出一个旧药瓶,用木馏油味道的棕色液体涂抹他的伤口。

"开曼群岛的蚊子和白蛉比世界上任何一个地方都多。"他说,"但只要我们有这种药,就不用在意它们。"

十点钟的热带黄昏带来了短暂的忧郁,星星和月亮照耀着一片寂静的海平面。两阵牙买加飓风之间有短暂间歇,之后棕榈树开始再次低语。

科瑞尔猛地把头转向窗外。

"殡仪员的风。"他评论说。

"什么?"邦德问,吓了一跳。

"水手们用来称呼这种断断续续的海风。"科瑞尔说,"殡仪员的风,从早六点到晚六点吹走岛上的坏空气。然后每天早上'医生的风'吹来海上的甜蜜新鲜空气。至少在牙买加我们是这样称呼它们的。"

科瑞尔微笑着看着邦德。

邦德一下笑了起来。"很高兴我不必和它们同一个点上班。"他说。

外面,蟋蟀和树蛙开始发出响亮的唧唧呱呱声,大天蛾扑到窗户外的铁丝网上,但是闯不进来,颤抖地挂在网上狂喜地凝视着挂在横梁上的两盏油灯。

偶尔一两个渔民,或一群咯咯笑的女孩,会走到沙滩上那个唯一靠近海湾的小朗姆酒商店。没有人独自一人,因为怕树上掉下什么小东西,或踩到什么虫子[①]。

科瑞尔在准备以鱼、鸡蛋和蔬菜为主食的美味多汁的晚餐。邦德坐在灯下,仔细研究了斯坦基维斯从牙买加研究所借来的书,毕比、阿林和其他人关于热带海洋及其居民的书,库斯托和哈斯关于海底狩猎的书。当他出发去横越那300码海面时,他决心用专业手法来做,不留漏洞。

他知道大先生的水准,他猜测惊奇岛的防御一定是滴水不漏

---

① rollingcalf,沿着地面向你滚过来的可怕的动物,它的腿拴着锁链,火焰从它鼻孔里喷出来。

的。他认为他们不会使用枪支和烈性炸药等简单武器。大先生需要不被警方干扰地安静工作。他不会去碰触法律底线。他猜大先生会利用大海的力量,比如鲨鱼和梭鱼杀手,也许是蝠鲼和章鱼。

天然杀手令人恐惧和敬畏,但库斯托在地中海和哈斯在红海及加勒比海的经验更令人鼓舞。

那天晚上,邦德在梦里遭遇了可怕的巨型乌贼和刺鳐,双髻鲨和梭鱼。他在睡梦中不停地呜咽、流汗。

第二天,他开始在科瑞尔批判和评估的眼光中训练。每天早上,他先游1英里再上岸吃早餐,然后沿着沙滩跑回小平房。九点左右,他们会乘独木舟出发,三角帆船带他们快速穿过水域,抵达血腥湾和奥兰治湾——沙滩尽头是峭壁、小海湾和珊瑚礁。

在这里,他们把独木舟拖上海滩,科瑞尔带他一起,头戴面罩,手持长矛和古老的水下鱼叉枪,防止在水中遇上鲨鱼。

他们悄悄地训练。彼此间距几码。科瑞尔游起泳来,就像在家里那么自如。很快邦德也学会不再对抗大海而是与水流和涡流互相迁就,不与它们斗争,而是采用柔道战术。

第一天,他带着一身被珊瑚虫割开的伤口回家,一打海胆刺挂在他的身上。科瑞尔咧嘴一笑,用硫柳汞和米尔顿药水治疗他的伤口。每天晚上,他用棕榈油为邦德按摩半小时,轻轻地谈论他们那一天看到的鱼,解释食肉鱼类和海底清洁鱼的习性,各种鱼的伪装和它们通过血液流动改变颜色的机制。

科瑞尔也从来没听过鱼除了绝望或水中有血液以外就攻击人的情形。他解释说,热带水域的鱼很少挨饿,它们的大部分武器用于防御而非攻击。他承认,唯一的例外是梭鱼。"低劣的鱼,"他叫道,"它们无所畏惧,因为它们知道除了疾病它们没有天敌,它们能够在短距离达到每小时 50 英里的速度,许多鱼拿它没办法。"

有一天,一条 10 磅重的梭鱼在他们周围逡巡。它一会儿游开,一会儿又游回来,沉默,一动不动待在水面上,愤怒的虎眼怒视着他们。那么近的距离,他们甚至可以看到它的鳃在轻轻工作,沿着残酷的悬挂式下颚生长的牙齿像狼牙一样闪光。

科瑞尔最后从邦德那儿拿过鱼叉枪射击,可惜鱼叉从它流线型的腹部滑过去了。它直接向他们冲过来,长满锋利牙齿的下巴大大张开,就像一条引人注目的响尾蛇一样。邦德像科瑞尔一样用他的矛疯狂刺向它。他刺偏了,矛被卡在它下颚里。他们立刻抽动钢矛,梭鱼把枪从邦德手里扯出来。科瑞尔用小刀刺在它身上,它变得更加疯狂,飞快地用尾巴打水,长矛紧紧卡在它牙齿中间,鱼叉挂在它身上,当梭鱼试图把宽宽的鱼钩从肚子上扯出来时,科瑞尔几乎握不住鱼叉,但他随它一起游向一块暗礁,爬上去,慢慢把鱼拖过去。

科瑞尔刺破其喉咙,他们从其下颚中扯出了矛,发现钢矛上出现深深的咬痕。他们把鱼拖上岸,科瑞尔切断它的头,用一块木头打开它的下巴。它的上颚可以打开成一个巨大的裂口,几乎与下颚成直角,露出一组不可思议的锋利牙齿。那些如此拥挤,甚至舌头上也有几个小小的、向内弯的锋利牙齿,口腔前部还有两颗蛇一样的巨大獠牙。

这条梭鱼虽然仅仅只有 10 多磅重,它却有 4 英尺长,有着子弹般的肌肉和硬肉。

"我们不要再射梭鱼了。"科瑞尔说,"如果不是你,我将在医院躺上一个月,也许还被毁容。都怪我太蠢了。如果我们向它游去,它会游开。它们总是这样。它们像所有的鱼一样懦弱。别担心,"他指着梭鱼牙齿,"但你再也不要去招惹它们了。"

"我希望不用。"邦德说,"我没有多余的脸来被刺。"

到周末,邦德被晒伤得很厉害。他把香烟削减至一天十支,也不再喝酒。他可以毫不费力地游2英里,他的手已经完全愈合,他身上所有在大城市生活过的痕迹都被抹掉了。

科瑞尔感到高兴。"你可以准备去惊奇岛了,船长。"他说。

第八天黄昏他们回到度假屋,发现斯坦基维斯正等着他们。

"我有一些好消息要告诉你,"他说,"你的朋友费利克斯好多了。无论如何他不会死。他们不得不截掉他的一只手臂和一条腿。现在整形手术已经开始重塑他的脸。他们昨天从圣彼得斯堡打电话给我,显然他坚持要通知你,这是他醒过来想到的第一件事。他说很遗憾不能与你并肩战斗,告诉你不要把脚弄湿,或者无论如何,不要像他那样湿。"

邦德心里的石头落了地。他朝窗外望去。"告诉他尽快恢复健康,"他突然说,"告诉他我想他。"他回头看房间,"现在,装备怎么样了?一切就绪了吗?"

"我已经准备好了一切,"斯坦基维斯说,"在玛丽亚港卸完货后,'塞卡特尔号'明天会到惊奇岛。他们应该在夜幕降临之前抵达。大先生在船上。这是他第二次亲自前来。哦,他们带着一个女人。据中央情报局的消息,那女孩叫纸牌。你了解她吗?"

"不是很了解,"邦德说,"但我想让她远离这些事,她不是他组织的成员。"

"需要帮助的少女,"斯坦基维斯说,"干得好。据美国中央情报局的情报显示,她很迷人。"

邦德走出去到阳台上,凝视着他的守护星。在他的间谍生涯中从未玩得这么大。秘密宝藏,挫败一个伟大罪犯,粉碎一个间谍网。摧毁这残酷机器的触手是他自己的私人目标。纸牌,则是最终的个人大奖。

星星闪烁神秘的摩斯密码,但他没有解码的钥匙。

第十八章　美丽荒漠庄园

晚饭后，斯坦基维斯独自回家。邦德同意明日拂晓时分到他的别墅去与他碰面。斯坦基维斯留给他一堆关于鲨鱼和梭鱼的崭新书籍和小册子。邦德全神贯注地浏览它们。

在他从科瑞尔那里获得的实用知识基础上，这些书补充了一些信息。它们都是由科学家撰写，大部分鲨鱼攻击人类的数据来自太平洋海滩，那儿大浪中闪闪发光的身体会刺激任何好奇的鱼。

但作者有一个共识，即携带呼吸设备的水下潜泳者所面临的威胁远低于在水面游泳的人。后者几乎可能遭受任何鲨鱼的攻击，特别是当鲨鱼为水中的血液、游泳者的气味震动、刺激之后。但它们有时也会被吓跑，如果在水中大声喧哗，它们经常会逃离。

据美国海军研究实验室的测试，最成功的驱鲨材料是一种醋酸铜和深黑色苯胺黑染料的混合物，美国的武装部队现在已经配备这种混合物。

邦德招来科瑞尔。这位开曼岛居民一开始听说驱鲨剂时很轻蔑,直到邦德向他读出海军部文件:战争结束时,他们的研究被应用于所谓的"极端的暴民行为""……鲨鱼被小杂鱼吸引到捕虾船后面。我们准备了一盆新鲜的鱼和一盆混合了驱鲨剂的鱼。我连续三十秒铲普通鱼丢下去,鲨鱼扑上来吃掉它们。然后我连续三十秒铲加了驱鲨剂的鱼丢下去,重复这个过程三次。在第一次试验中,鲨鱼非常凶猛地把普通鱼吃掉。随后又是加了驱鲨剂的鱼,它们只吃了很少就离开了。当我把普通的鱼丢下去时,只有很少几条鲨鱼返回来进食。在之后的第二个三十分钟实验中,普通鱼丢下来时,鲨鱼就疯狂进食,但只要加了驱鲨剂的鱼一下来,鲨鱼就离开。只要驱鲨剂在水中,就没有鲨鱼过来。第三个三十分钟的实验中,我们根本无法让鲨鱼靠近船尾 20 码。"

"你觉得怎样?"邦德问道。

"你最好去弄点这东西去。"科瑞尔说了他的建议。

邦德赞同他的观点。华盛顿已经发了越洋电报说这药物已经在路上,但是起码要四十小时它们才能运达。即使驱鲨剂不能运达,邦德也并不沮丧。他不认为在水下游向惊奇岛时会遇到这样的危险情况。

在他入睡之前他相信鲨鱼不会攻击他,除非是水中有血或他自己向一条威胁到他的鱼投降。至于章鱼、蝎子鱼和海鳗,他只会在放脚时观察一下它们。在他看来,在热带水域中,黑色海胆 3 英寸长的骨刺才是对普通水下潜泳者的最大危害,但它们引起的疼痛还不足以妨碍他的计划。

他们在早上六点之前离开,十点半抵达美丽荒漠庄园。

这是一个占地约一千英亩的美丽的古老种植园,有一座俯瞰海湾的精美豪宅的遗迹。硬木和棕榈树周围是甘椒树和柑橘树,其历史可以追溯到克伦威尔时期。"美丽荒原"这个浪漫的名字也具有18世纪的风尚,当时的牙买加房产大多被称作贝莱尔、贝尔维尤、博斯考贝尔、哈莫尼、纽芬堡,或诸如此类的浪漫色彩很浓的名字。

一条在海湾小岛上看不见的小道引领他们通过树林来到这座海滨别墅。在经过海牛湾一周的野营生活后,浴室和舒适的竹家具看起来非常奢华,在邦德长满硬茧的脚掌下,色彩鲜艳的地毯就像天鹅绒一样柔软。

透过百叶窗的板条,邦德眺望小花园,满眼皆是红得似火一般的木芙蓉、九重葛和玫瑰,花园尽头是棕榈树树干掩映下的小月牙形的纯白沙滩。他坐在一把椅子的椅臂上逐寸扫视,从眼前一直到惊奇岛基石部分的深深浅浅的蓝色和棕色大海及海礁。岛屿的上半部分被棕榈树所遮掩,但他视野中在红日投下的半影中伸展的峭壁呈现出一片灰色并且看起来十分坚硬。

科瑞尔在一个普里默斯便携式汽化煤油炉上煮午餐,避免炊烟暴露他们。下午邦德睡了一觉,然后检查伦敦方面及斯坦基维斯从金斯顿送来的工具。他试穿了薄薄的黑色橡胶蛙人服,逐一检查带有机玻璃窗的头盔与脚下的黑色脚蹼。它们都非常合身,邦德十分感谢Q先生的高效。

他们测试了装有一千升压缩成二百升气体的压缩空气筒,邦德发现他的阀门开启装置很容易操作。在他即将工作的那个深度,气体供应将持续近两小时。

还有一支崭新而强大的"冠军牌"鱼叉枪,一把战争期间由威尔金森斯设计的突击队匕首。最后,在一个覆盖着危险标识的盒子里,装有沉重的水下爆破弹,平面锥形的基座,包裹着宽铜板,具有强大磁力,可以像蛤蜊一样粘在任何金属船壳上。有十几个铅笔形金属和玻璃保险丝组可供调节从十分钟到八小时的爆破时间,也非常容易操作。甚至有一盒提升行动耐力和感知力的苯丙胺片。各式各样的水下电筒,其中一个只有铅笔那么细。

邦德和科瑞尔检查所有装备,测试连接点和开关,直到他们对此满意,觉得无须进一步改进。然后邦德走到树林里,凝视着海湾,猜测在海洋深处穿越的来回路径。五点钟,斯坦基维斯带来了塞卡特尔号的消息。

"他们已经在玛丽亚港卸完货。"他说,"会在十分钟后到达外围。大先生护照上写的名字是加利亚,女孩的是西蒙妮·拉特蕾妮。她一直在船舱里,很可能是因为塞卡特尔号的船长称为晕船的毛病而一直卧床。他们带了大量空鱼缸。超过一百个。其他方面并无可疑之处。我想要作为海关成员登船,但我又怕这样会打草惊蛇。大先生在他的船舱里。他们查看他的护照的时候,他在读书。你怎么样?"

"完美,"邦德说,"希望我们明晚行动的时候,会有一些风。如果气泡被发现,我们会很危险。"

科瑞尔进来了:"它正在通过内礁,上校。"

他们蹲下身来尽可能接近岸边,透过望远镜观察它。

塞卡特尔号是一件漂亮的作品,黑色与灰色的船体建筑,70英尺长,邦德猜其航速至少是每小时20海里。他知道它的历史,1947年为一个百万富翁所建造,配有两个通用汽车柴油发动机,钢壳,配有所有最新的无线装置。它的十字架横轴上悬挂着红色的英国商船旗,船尾挂星条旗。它的船身正以每小时3海里的速度通过20英尺长的珊瑚礁。

它在礁石群中左拐右拐,向下靠近岛屿的临海面。通过礁石群后,它把舵突然转向,靠近岛屿的停靠港口。与此同时,三个穿白帆布裤的黑人从悬崖阶梯上跑下狭窄的突堤式码头并站在旁边导航。两个锚呼啸着落在岛屿基岩部分的岩石和礁石之间。它停得很好,邦德估计它的水下龙骨大约浸入海面有20英尺深。

他们观察之际,大先生的巨大身形出现在甲板上。他走到码头,开始慢慢地爬上陡峭的悬崖阶梯。他走几步路就要停下来,邦德认为是心脏病导致这大个子的灰黑身体呼吸困难。

他身后跟着两个黑人船员,抬着一个轻型担架,上面绑着一个人。邦德看到了纸牌的黑发,他感到担忧和疑惑,随着她的靠近,他的心脏也收紧了。他祈祷担架只是一个防止纸牌被岸上的人认出来的预防措施。

随后,十二个人一组站成一排,鱼缸被一个接一个地传上去,科瑞尔数了数,有一百二十多个。

随后还有一些别的货物也采用相同的方法传到小岛上。

"以前没有这么多。"操作停止时,斯坦基维斯评论,"大概没有今天的一半,通常大约五十个。时间也没这么久。"

他话音刚落,他们从中看到装了半满的水和沙子的鱼缸,一个接一个被小心翼翼地传回船上,通过人手传递大约间隔五分钟。

"我的上帝,"斯坦基维斯说,"他们开始装货了。这意味着他们明天早上就要航行。我想知道这是否意味着他们已经搬空了这地方,这是最后一批货。"

邦德仔细看了一会儿,然后他们静静地穿过树林,留下科瑞尔进一步观察和报告。

他们坐在客厅里,斯坦基维斯为自己混合了一杯苏打威士忌酒。邦德盯着窗外,梳理他的思绪。

已经是晚上六点了,萤火虫开始在阴影中飞舞。淡黄色的月亮已经高挂在东边的天空,白天被抛在后面。微风吹拂着海湾,一些小云朵被落日染成粉红和橙黄,在空中漫步。棕榈树被凉爽的"殡仪员"风吹得飒飒作响。

"殡仪员的风。"邦德边想边挖苦地笑着。今晚必须行动,这是唯一的机会,近乎完美的准备工作,除了驱鲨材料还未及时送到,但这只是一个辅助物。这是他旅行 2000 英里,干掉五个人后必须要做的事。然而,他对要在黑暗的海底冒险感到颤抖,他在心中想将其推迟到明天。突然,他厌恶和恐惧大海及其中的一切。他出发的时候,数以百万计的微生物会伸展触角,醒着观察他。他的脉搏会跳到每秒一百次以上,对他来说,在光明和黑暗中都是一样的盲目。

他会解决所有的秘密,在孤独而寒冷的水中游过 300 码,经过神秘的海底森林,走向一个致命城堡。在他之前该城堡的守护者已经杀了三个人。一周的日间集训后,邦德将在今天出发,几小时后,他将独自行进入漆黑的水域中。这是疯狂而不可想象的。邦德肌肉紧缩,手掌直冒汗。

科瑞尔敲门走进来。邦德很高兴地站起来,远离窗户,走到在阅读灯阴影中品酒的斯坦基维斯身旁。

"他们现在已经点了灯,船长,"科瑞尔笑着说,"仍是每五分钟一个罐子。我算了一下要近十个小时才搬得完,也就是凌晨四点左右。所以六点之前不会起航。没有充足光线就试图通过航线,太危险了。"

科瑞尔红褐色的脸庞上的暖灰色眼睛看着邦德,等待命令。

"我将在十点准时出发,"邦德说,"从悬崖潜到海滩左侧。你能给我们来一些晚餐,然后把东西运到草坪上吗?条件非常完美,我将在半小时内到达那儿。"他掰着手指算了算,"给我几根能坚持五到八小时的引爆器。再预备一根一刻钟的备用,以防出错。好吗?"

"明白,船长。"科瑞尔说,"你交给我去办就放心吧。"

他走了出去。

邦德看着威士忌瓶子,下定决心,倒了半杯,加了三块冰。他从口袋里拿出苯丙胺盒子,放了一片进嘴里。

"好运。"他对斯坦基维斯说,喝了一大口。他坐下来享受一个多星期来第一口酒火辣辣的滋味。"现在。"他说,"告诉我,他们做了什么,准备何时起航。清空岛屿和穿越内礁他们需要多长时间。如果这是最后一次,别忘了他们会带上守岛的六个人和其他东西。

让我们试着尽可能完整地考虑这一切。"

一会儿,邦德沉浸在行动的实际细节中,恐惧的阴影早被他抛诸脑后。

十点钟,他穿得像只闪闪发光的蝙蝠一样兴奋地从岩石上跳下了 10 英尺深的水中,消失在海底。

"注意安全!"科瑞尔朝着邦德消失的地方一边说,一边在胸前画十字。然后他和斯坦基维斯回到屋里躺下,不安地看手表并期待着之后发生的一切。

第十九章　阴影山谷

邦德被他用胶带缠在胸前的水下爆破弹以及他缠在腰上以矫正压缩空气气筒浮力的铅腰带直接拖到海底。

他一刻不停,立刻快速游过第一个50码,他的脸就挨在海底的沙子上面。脚蹼几乎将他的速度翻了一番,如果没有受到所携带物品和左手鱼叉枪重量拖累的话,他能游得更快。他在一团大珊瑚礁旁边停下来休息了不到一分钟。

他定了定神。

他穿着橡胶衣,感觉比在阳光下游泳还温暖。他发现手脚活动也很容易,呼吸也是平静而放松的,他看到呼出的气体如珍珠般喷洒在珊瑚礁上,他祈祷没人能发现行动。

光线很柔和,呈乳白色,但不足以穿透海面的波纹照到底部。暗礁底部没有任何光线,岩石下的阴影是黢黑看不见任何东西的。

他冒险用笔形电筒瞥了一眼,褐色珊瑚树的下部有动静。深红色的海葵朝他挥舞着天鹅绒般的触须,一群黑海胆突然惊起,竖起尖刺,多毛的海蜈蚣停在几百步开外,用没有眼睛的头探寻。

在珊瑚树底部,河豚轻轻地把它可怕的疣头缩回其漏斗中,花状沙蚕在看不见的地方打扫它们的凝胶状导管。一群珠光宝气的蝴蝶鱼和天使鱼在电筒光中调情。

邦德把电筒塞回他的皮带。

他头顶的海水表面像一顶水银色白树冠倾斜下来,他离开珊瑚树的庇护,轻轻向前游去。路越来越难走。光线闪烁,亮度不够,而珊瑚礁森林又充满无法走通的死路和诱人但极具误导性的路。

有时他不得不游到珊瑚礁顶部才能搞清方位,这时他就顺便检查他与月亮的位置,闪闪发光的月亮就像一个巨大的苍白火箭划破水面。有时系船柱的细腰能让他休息一会儿。他知道他呼气的泡沫将被水面上参差不齐的突出物隐藏。然后他乘机关注水下闪着磷光的微小生物的夜生活。

没有大鱼,许多从洞中出来的龙虾用它们的茎状的眼睛瞪着他,用它们1英尺长的触须向他探过来。偶尔它们也会紧张地后退到它们的住所。它们用强有力的尾巴扫开沙子,八只毛脚蜷缩在一起,等待危险过去。

一只只葡萄牙僧帽水母慢慢飘过。它们几乎扫到了他的头,他记得在海牛湾时他花了三天时间才除掉它们的卷须触手留下的刺。如果它们刺穿一个人的心脏,可能就会要了他的命。他看到一些绿纹和斑点纹的海鳝,后者像黄黑色大蛇般沿沙滩移动,绿纹的海鳝从岩洞中露出了它们的牙齿；一些西印度河豚像有着柔软绿色大眼睛的褐鹗。他用枪尖戳向一只，它膨胀成一个足球大小的危险白刺球。巨大的海扇在漩涡中摇摆，在灰色峡谷的月光中，它们看上去就像海葬的人身上的寿衣碎片。阴影里时常冒出个东西在他脚边旋转，看上去很笨重，刚才还瞪大眼睛又立刻关闭。邦德转过身，把拇指放在鱼叉枪的保险栓上，瞪视黑暗。但当他爬上或蜿蜒穿行于珊瑚礁时，他没攻击任何生物，也没有生物攻击他。

穿过这片珊瑚礁花了他一刻钟。当他在一个系船柱上休息时，他很高兴他面前只剩100码的灰白色水域了。他仍然感到非常精神，苯丙胺激发的兴奋和清醒仍伴随着他。但想起刚才穿越礁石的危险他又有点担忧，害怕橡胶衣突然被撕裂。现在剃刀般锋利的珊瑚森林已经在他身后，下面该和鲨鱼、梭鱼打交道了，说不定还有柱状炸药。

虽然他事先衡量过章鱼缠住他两只脚踝的危险，但危险袭来时他一下子有些蒙了。他正用脚踩沙，突然他的脚被章鱼缠住。当他意识到发生了什么事时，触手开始缠住他的腿。另一只在昏暗的灯光下呈紫色的章鱼触手缠住他左脚的脚蹼。

他感到恐惧和厌恶，立刻站起来，慢慢移动他的脚，试图离开，但纹丝不动，他这么一动只是给了章鱼一个机会把他脚踝收得更紧。章鱼的力量是惊人的，邦德能感觉到无法保持平衡，几乎要摔倒。受阻于他胸部的炸弹和背上的气缸，他甩不掉章鱼。邦德从皮带上取下匕首，猛戳两腿之间，但岩石的悬垂部分阻碍了他，他害怕割破橡胶衣。突然他被章鱼拖倒了，他被卷入了岩下一处宽侧裂缝中。他在沙地上挣扎，试图抓住匕首。但是水雷阻止了他。正在恐慌的时候他记起鱼叉枪。此前，他认为鱼叉枪在短兵相接中用不上，但现在这是他唯一的机会。它躺在他附近的沙滩上。他伸手够到它，打开保险栓，但炸弹阻碍了他射击。他把枪筒沿腿滑下，以鱼叉尖分开两脚。这一次，章鱼触手抓住钢尖，开始用力拉，他不得不盲目地扣动了扳机。

突然，一大团黏稠的墨汁朝他的脸涌来，一条腿松开了，接着另一条也松开了。他拼命打水，抓住消失在岩石下的鱼叉枪的把手。他紧张极了，直到把鱼叉枪从黑雾中拖出来。他气喘吁吁地起身，远离岩石站立，汗水浸透他面具下的脸。在他头顶，一个空气泡沫直接上升到水面，因此他诅咒那躲在洞穴中的受伤的"墨汁制造机"。

但是他没有时间进一步担心，他重新把枪缚在身上，顶着月光继续前进。

现在他在模糊的海水中迅速取得进展，他集中注意力让他的脸高出沙地几英寸。身体化为一个优美的弧线向前移动。一次，用眼角余光，他看到一条像乒乓球桌般大小的鳐鱼慢腾腾地路过他，身上带斑点的巨鳍的煽动像一只鸟，角状的长尾随之摆动。但他不关注这些，他只记住科瑞尔说的，除了自卫，鳐鱼从不攻击。但他想，它可能进入外礁产卵。（渔民将鳐鱼称为"美人鱼提包"，因为它们的形状像一个枕头，四角有着硬黑绳，躺在沙地底部）

许多大鱼的影子投射在月光下的沙滩上，有些就像他自己一样长。有时会有大鱼跟在他身边至少一分钟，他抬头看他上面 10 英尺高处鲨鱼的白肚皮，就像一艘绿灰色的圆锥形飞艇。它的钝头形鼻子过分好奇地埋在他的空气泡沫流中。宽宽的大镰刀嘴看起来像一个皱皱的伤疤。它斜侧着向下打量他，努力看了他一眼，露出一只粉红色的大眼，然后摇曳着它巨大的长柄大镰刀尾巴，慢慢朝灰色薄雾墙移动。

他惊散了一个鱿鱼家族，它们有 6 磅的成年鱿鱼，也有 6 盎司的鱿鱼虫宝。它们在暗光中发光，有时几乎垂直悬挂，有时又恢复队形，摇摆着流线型的身体向一边推进。

邦德中途休息了一会儿，然后继续前进，他看到了梭鱼，大的有 20 磅。它们看起来一如他记得的那样致命。它们在他上方滑行，就像银色潜艇，它们向下恶狠狠地看他。它们对他和他的泡沫很好奇，一路跟着他，在他上方和周围游，像一群沉默的狼一样把他围绕。这时，邦德看见了小块珊瑚，意味着他马上要到达目的地，必须通过那二十条梭鱼组成的不透明围墙。

邦德黑橡胶衣下的皮肤被泡皱了，但他却无能为力，他必须专注于他的目标。突然他头上的水域出现了一个金属形状的悬挂物。它背后有一堆杂乱破碎的岩石。

这是塞卡特尔号的龙骨，邦德的心跳得很剧烈。

他看着他手腕上的劳力士手表。十一点零三分。

他从侧包里选了根七小时的引爆器，把它插入炸弹的保险丝口袋，把它推回原位。他把其余的引爆器埋在沙子里，这样如果他被捕，炸弹也不会被发现。

他向上游,双手举着水雷,向上游去,他意识到身后的水域里有一阵骚动。一条梭鱼闪现,嘴巴半开,几乎撞上他,邦德无意与它周旋,他朝船体龙骨中心约 3 英尺高处的一个点游去。

离舰体很近时,磁性炸弹与船体发生磁力作用,产生了很大的拉力,炸弹几乎把他拖过去几英尺,邦德不得不使劲推开它,以防止碰撞发出叮当声。放置好炸弹后,他默默地重新向下游。因为没有了炸弹的重量,负重减轻了的邦德不得不尽力对抗新增的浮力。

他转而朝推进器下的岩石游去,突然他看到了一直跟在他身后的可怖事情。

大群梭鱼似乎已经疯了,它们歇斯底里地在水里旋转和打水。三条加入它们的鲨鱼像充了电般疯狂笨拙地穿过水域。海水因这些可怕的鱼而沸腾起来,邦德的脸被撞得生痛,鲨鱼在几码内一次又一次地冲击他。他知道他的橡胶衣随时会连着它下面的肉一起被撕裂,然后这种撕裂将降临在他身上。

"极端的暴民行为",他忽然想起海军部的短语。这种时候他必须用驱鲨材料救自己。没有它,他可能活不了几分钟。

在绝望中,他沿着船的龙骨游,他手上的鱼叉枪在面对这一大群发狂的食人鱼时,仅仅就是一个玩具而已。

他摸到两支大型紫铜船桨,抓住其中一支,他紧咬牙关发出一声咆哮,面对周围沸腾海洋的疯狂,他的眼睛胀得厉害。

他看见半张着嘴飞驰过来的梭鱼,在接近他的那一瞬间,嘴巴大张,嘴里有个东西在发亮,它一口吞下,然后又回去争抢。

同时,他发现四周变暗了。他抬头一看,见到银色的海水表面变成了红色,闪烁着的可怕深红色。

一串东西向他漂来,他用鱼叉枪的末端勾住一些靠近玻璃面具一看。

毫无疑问。

上面,有人在往海里喷洒血液和内脏。

Live and Let Die

第二十章 血腥摩根的洞穴

邦德立即明白为什么所有这些梭鱼和鲨鱼都集中在小岛周围，它们是如何通过这种夜间盛宴来杀人，之前那三个人为什么会被鱼啃得只剩一副骨架。

大先生利用大海的力量作为保护，这个发明富有想象力，技术上万无一失，非常易于操作。

正当邦德弄明白这一切时，某样东西给了他肩膀可怕的一击，一条20磅的梭鱼后退时，下巴上挂着黑色橡胶和他身上的一块肉。邦德顾不上疼痛，他松开紫铜船桨，疯狂朝那块岩石游去。只是一想到自己的肉嵌在那几百颗锋利牙齿之间，他的胃就传来一阵阵恶心。水开始渗入贴身的橡胶和皮肤之间。没过多久，水就漫过了他的脖子，进入面具之中。

他正要放弃，向着20英尺深的水面游去。突然，他看到他面前的岩石上有一道很宽的裂缝。一块巨形圆石躺在它旁边,他游过去躲到了石头背后。从这个临时掩体背后他转过身来,正好看到那条梭鱼再次向他冲过来,邦德急忙用鱼叉枪射击,正好打在它张开的嘴里。带倒钩的鱼叉卡在大鱼的上颌中,刺穿了它,梭鱼突然停止进攻,试图合拢下巴,但是合不上,最后梭鱼使劲一甩,带着鱼叉枪逃走了。邦德知道其他鱼将很快赶到,把自己撕成碎片,他的肩膀如今被血液团包围。几秒钟内其他鱼会捕捉到这气味。他滑倒在一块圆石头上,想着找个踏脚的地方浮到水面上,找个地方躲一躲,直到他制订出一个新计划。

突然,他看到了圆石后隐藏的山洞,这简直是一道进入岛屿底部的门。如果邦德没有为活命而奋力游泳,他很可能错失这条通道。他一口气游过去,一直游到离发光的入口处仅有几码时才停下来。

随后他在松软的沙滩上站直,旋开电筒开关,走入山洞,即使一条鲨鱼追了进来,在有限空间里它几乎不可能对他张开嘴。再说鲨鱼也害怕它们坚硬的皮肤会被岩石擦伤。他会有很多机会用匕首去扎它的眼睛。

邦德用电筒照亮洞穴的顶和壁,它肯定是人为形成的。邦德猜测小岛的某个地方肯定有出口。

"至少20码。"血腥摩根当年一定曾对奴隶监工这么说,然后隧道在挖到大海时突然爆炸,胳膊、大腿和尖叫声翻滚着堵住入水口,又被冲回岩石背后。

入口处的大圆石是被用来封住通向大海的地道的。六个月前突然消失的鲨鱼湾渔夫必定发现了这里,这块大石头可能因为大风暴或飓风后的浪潮移位了,然后他发现了宝藏,但他需要人帮助。一个白人可能会欺骗他,最好是去找哈莱姆的伟大黑人帮派尽可能争取有利的合作条件。这些黄金害死了很多黑人,它应该归还给黑人。

站在那里,随着隧道里的微波摇曳,邦德猜测更多的人肉水泥泥浆溅到了哈莱姆河的淤泥中。

就在那时他听到了鼓声。

之前他刚进洞穴,与大鱼搏杀之时,就听到过水中响起一阵柔和的响声。但他当时认为这只不过是海浪冲击岛屿底部的响声,而他当时忙于思考其他事情所以没有多想。

但是现在,他可以分辨出这是鼓声,而且很有节奏感,砰砰的响声就在他四周响起,发出低沉的吼叫,邦德感觉自己好像被囚禁在一个巨大的定音鼓中。水似乎在随之颤抖。他在猜想这鼓声是有双重目的。这是捕鱼者们常用的一种召鱼声,用于吸引和刺激远处的鱼。科瑞尔告诉过他渔民们如何在晚上用桨敲击他们的独木舟边缘,唤醒和聚拢鱼群。这鼓声一定是同样的作用。同时这也是一个邪恶的伏都教巫术,用于警告岸上的人们,当尸体在第二天被冲上岸时效果一定非常好。邦德认为,这是大先生的另一个改良。那个非凡大脑迸发的另一个火花。

鼓声意味着他已经被发现。斯坦基维斯和科瑞尔听到后会怎么想呢?他们可能不得不坐下来苦熬。邦德曾猜测鼓声是某种把戏,他让他们不要干涉,除非塞卡特尔号安全返航,这意味着邦德的所有计划都失败了。他告诉过斯坦基维斯黄金被隐藏在船上的什么地方，他们可以在公海上拦截塞卡特尔号。

现在，敌人已经警醒，但他们不知道是他，他将继续前进，不惜一切代价阻止纸牌登上那艘在劫难逃的船。

邦德看了看手表，现在是午夜十二点半，但就邦德的感觉而言，这场穿越危险大海的孤独旅程仿佛已经有一个星期那么久。

他感觉到他橡胶衣下的贝瑞塔手枪，想知道它是否已经毁于海水。

随后，鼓点声随时间的推移而变得愈加急促，他进入洞穴，电筒在他前面投下一个小小的光点。

走了约10码后，一线微光出现在他前面的水里。他用电筒探照之后小心翼翼地朝它移动。洞穴开始向上倾斜，每前进一码，光线就变得更亮。现在他可以看到许多小鱼在他周围玩耍，前面水域里似乎也充满了这些被光线吸引进山洞的小鱼。岩石缝隙中伸出一些小链钩，一只小章鱼平躺在洞顶上的一颗磷光性海星上。

随后他辨认出洞穴的尽头，其上有一个宽阔闪亮的池子，白色沙底亮如白昼。鼓声越来越响，他停在入口的阴影处，看到水离他的头只有几英寸，灯光照射进水池。

邦德左右为难，再走一步，他可能会暴露在看守水池的人眼中。他停下来，自我斗争了一会儿，他吃惊地发现他肩膀流出的淡淡血水已经蔓延到洞穴入口处。他已经忘了伤口，但现在它开始提醒他它的存在，他移动手臂时疼痛难忍。气筒还在冒泡，他希望这气泡，不太暴露他。

即使他后退几英寸回到洞里，他的未来还是得靠他自己。

他头上的水域突然响起一阵巨大的震动，两个除了脸上的玻璃面罩外全裸的黑人向他冲过来，左手举着匕首。

在他的手够到皮带上的刀之前，他们抓住了他的手臂，拖着他到水面。

邦德无望而无助地被人拖出池子丢到沙地上。他的脚被抓住，橡胶衣拉链被扯开，头盔也被一把抓走，他的手枪皮套也被扯下。他站在他的橡胶衣碎片中，像被剥掉皮的蛇，除了简单的泳裤之外，他全身赤裸。血液从他左肩上参差不齐的伤口中渗出来。

头盔被摘走后，邦德几乎被高亢而急促的鼓声给震聋。噪音包围了他。急促的切分音节奏狂响，他的血液随之跳动。这声音似乎足以唤醒所有牙买加人。邦德扮了个鬼脸，集中所有理智来对抗噪音肆虐的风暴。随后，守卫拉着他转了一圈。面对一个如此非同寻常的场景，他甚至没有去关注鼓声的消退，他所有的意识都集中在眼前的场景上。

在他面前，一张绿色粗呢台布的小牌桌上散落着报纸，大先生坐在一张折叠椅上，手里拿着一支笔，漠然地望着他。大先生穿着一身裁剪入时的小鹿皮热带西装，白衬衫，黑色真丝领带。他宽阔的下巴压在手上，抬头看着邦德，仿佛看到一名要求加薪的员工，他的表情彬彬有礼但有点厌烦。

离他几步之遥，显得邪恶而不协调的是萨米迪男爵的雕像，站在一块岩石上，从圆顶硬礼帽下瞪着邦德。

大先生把手从下巴拿开，他金色的眼睛从头到脚打量了一下邦德。

"早上好,詹姆斯·邦德先生,"他开口说,他平平的音调与高亢的死亡鼓点形成鲜明对照,"苍蝇追踪蜘蛛,或者我应该说'鲦鱼追踪鲸鱼'。可惜你在暗礁背后留下了太多气泡。"

他倚靠在椅子上,沉默了。鼓槌轻轻敲击,嘭嘭作响。

正是与章鱼的搏击暴露了他。邦德的眼睛移开,打量周围的一切。

他在一个教堂般大小的岩洞里。这里的一半面积被他刚起来的清澈白色池子占据。他站立的地方有一条窄窄的沙砾带,地面的其余部分点缀着灰色、白色石笋和光滑平坦的岩石。

大先生背后远一点的地方,陡峭的台阶向倒挂着石灰岩钟乳石的拱形洞顶延伸,石钟乳间歇地滴入池中。

一打明亮的电弧灯被固定在高墙上,站在他边上那群黑人的胸口上反射出金色的光。他们转动眼睛,看着邦德,在兴奋的残酷笑容中露出牙齿。

他们的脚下,在破碎的木材、生锈的铁箍、发霉的皮革和碎裂的帆布中间,是一片光彩夺目的黄金海洋:金币堆、金币瀑布。

它们旁边堆着一排排浅底木托盘。地面上有一些已经装满了金币的托盘,阶梯底部一个黑人停了下来,他手里托着一个装满了金币的托盘,排成四列的金币放在上面,像待售品一般。

左边远一些的地方,在房间的一个角落里,两个黑人站在圆鼓鼓的铁坩埚面前。坩埚悬挂于三个嘶嘶作响的汽油吹焰管之上,底部烧得红彤彤的。他们手持精钢撇油器，长柄的一半都溅上了黄金。旁边是一堆高耸的黄金器皿：盘子、祭坛碎片、酒具、十字架、一堆尺寸不一的金锭。墙边是排列整齐的金属冷却盘，它们的表面闪耀着金光。大锅附近的地面上有一个空盘和溅满黄金的长柄勺，手柄处裹着布。

蹲在大先生不远处的地面上，一个黑人一手持刀，一手拿着镶有宝石的高脚杯，他旁边的锡盘里是一堆宝石，红色、蓝色和绿色的宝石，在弧光灯下闪烁着光芒。

岩洞又闷又热，但邦德颤抖着，他扫视着整个华丽的场景，燃烧的紫白色灯，微微发亮的青铜色的出汗身体，明亮耀眼的黄金、珠宝、石钟乳和浅绿色池水仿佛构成一道彩虹。他为这美丽的一切而颤抖，为血腥摩根巨大宝库中的这场令人难以置信的芭蕾舞默剧而颤抖。

他的视线转回到绿色台布和那张伟大的僵尸脸，他带着敬畏（几乎是尊敬）看着他。

"停止鼓声。"一个黑人踏上金币中的阶梯，弯下腰。一个便携式留声机在地板上，靠洞边的一个大扩音器斜对着它，一按开关，鼓声停止。黑人关上机器盖子，回到他的位置。

"继续工作。"大先生说。所有人立刻开始行动，那场景仿佛是往游戏机里放了一枚硬币一样。大锅继续搅动，金币被捡起并装到盒子里，一人忙着在宝石高脚杯上挑宝石，一人托着金盘继续上楼梯。

邦德站着,汗水和鲜血滴下来。

大先生俯身看桌上的表单,用笔写下一两个数字。邦德扭动了一下,马上感觉似乎匕首在抵着他。

大先生放下笔,慢慢站起来,离开了桌子。

"接手。"他对一个警卫说。那个大汉走到圆桌子前,坐在大先生的椅子上,拿起了笔。

"带他上来。"大先生走到岩洞中央的阶梯前,开始慢慢向上爬。

邦德感到腰间一阵刺痛,他走出黑色橡胶衣碎片,慢慢沿着阶梯往上爬。

没有人抬头看,大先生不在,也没人会松懈。没人会把珠宝或一枚硬币放进嘴里。

萨米迪男爵已经来了。

从山洞里走掉的只是他的僵尸。

Live and Let Die

第二十一章　二位晚安

他们慢慢拾阶而上，经过洞顶附近一个约 40 英尺高的门，然后停在岩石上的一个宽阔地带。在这里，一个手持乙炔灯的黑人正把旁边装满了金币的托盘分别放置在大批靠墙堆放的鱼缸里。

他们等候时，两个黑人从外面走下台阶，拿起其中一个准备好的鱼缸走回台阶。

邦德猜他们会在上面某个地方给罐子装上沙子、水草和鱼，然后传递到下一环。

邦德注意到一些待装鱼缸的中心装着金锭，另外一些装着珠宝，他修正了他对这些财富的估计，约 400 万英镑。

大先生站了一会儿，看了看石头地面。他克制地呼吸，然后他们继续往上走。

往上走二十步高的地方还有一块略小的平地，通向一扇门。门口有一个新的铰链和挂锁。门本身是用铁条制成的,因生锈和腐蚀变成了褐色。大先生再次停了下来,他们并排站在岩石的小平台上。

有那么一刻,邦德想到逃跑,但是,像是知道了他的心思,靠石墙的黑人守卫包围着他远离大先生。邦德知道他的首要职责就是活下去,找到纸牌,让她远离那艘在劫难逃的船。此时强酸正在慢慢腐蚀定时炸弹引信外面裹着的铜皮。

一阵强劲的冷空气随传动轴流下来,邦德感到他的汗水渐渐被吹干。他把右手放在肩上的伤口上,不理会身后的匕首。血液已经干燥和结块,他的大半只手臂麻木,痛得厉害。

大先生开始说话。

"那阵风,邦德先生,"他指着传动轴,"在牙买加被称为'殡仪员的风'。"

邦德耸耸右肩,保持缄默。

大先生转向了铁门,从口袋里掏出一把钥匙,打开门锁,走了进去,邦德和守卫们跟了上去。

这是一条狭长的通道,宽度不到半码,墙壁下方还有生锈的脚镣。

在通道远远的尽头,一盏飓风灯挂在石头洞顶,地板的毯子里包着一个一动不动的人。在门附近的头顶上还有一个飓风灯正挂在他们上方,整间房间有一股潮湿岩石、古代酷刑和死亡的气味。

"纸牌小姐。"大先生温柔地说。

邦德的心跳得厉害,他开始前进。突然,一只巨手抓住了他的胳膊。

"等等,白人。"他的守卫拍拍拍他的肩,并把他的手腕扭到身后举高,邦德猛击他的左脚跟,踢中他的胫骨,邦德自己的臂也几乎被折断。大先生转身,手心里握着袖珍枪。

"放开他,"他冷冷地说,"如果你想要一个额外的肚脐,邦德先生,我可以给你。我这枪里有六颗子弹。"

邦德与大先生擦身而过。纸牌站起来,朝他走来。当她看到他的脸时,她跑过来,张开双手。

"詹姆斯,"她抽泣道,"詹姆斯。"

她几乎跪倒在他脚前。他们的手紧紧抓住对方。

"给我拿些绳子。"大先生在门口说。

"好了,纸牌,一切都会好起来的。"邦德说,虽然明知道事实不是这样,"好了。现在我在这里。"

他把她扶起来,握着她的一只胳膊。她面色苍白,头发凌乱。前额有一处瘀伤,眼睛下面有黑眼圈。她的脸上满是泪痕,她没有化妆,穿着一套脏兮兮的白色亚麻套装和凉鞋。她看起来十分憔悴。

"这浑蛋对你做了什么?"邦德说,他紧紧地搂住了他。她紧紧地贴在他身上,把脸埋在他胸口。

然后她松开手,发现自己手上有血。

"你在流血,"她说,"这是什么?"

她把他的身体旋转了半圈,看见他肩膀和手臂上黑色的血。

"噢,亲爱的,这是什么?"

她又开始哭,她突然意识到他们都失败了。

"把他们捆起来,"大男人从门里说,"带到灯光下来。我有事情要跟他们说。"

那黑人向他们走来,邦德转过身。值得赌一把吗?黑人手里只拿了绳子。但大先生在旁边,看着他,松松拿着枪指着他。

"不,邦德先生。"他简单地说。

邦德注视着大个子黑人,想着纸牌和自己受伤的手臂。

黑人走过来,邦德没有反抗就让他的双臂被反绑在身后。它们绑得很紧,玩不了任何花样。

邦德朝纸牌笑了笑。他的眼半睁半闭,这是故作勇敢,但他从她眼中看到了一丝希望的了悟。

黑人把他带回到门口。

"这儿。"大先生说,指着其中的一个脚镣。

黑人突然横扫邦德的胫骨使其蹲下来,邦德受伤的肩膀着地倒在地上。黑人把他拖过来然后用绳子捆住邦德的脚踝再捆到脚镣上。他把刺进岩石裂缝中的匕首拔出来,割断多余的绳子,又回到纸牌站立的地方。

邦德被绑在石头地板上,双腿向前直伸,双臂拷在身后。鲜血从他崩开的伤口滴下来。体内的苯丙胺残余物让他昏厥。

纸牌被拷到他对面。他们的脚之间只隔着一码。

做完这些时,大先生看了看手表。

"出去。"他对卫兵说。他关上了那人背后的铁门,靠着它站立。

邦德和女孩看着彼此,大先生盯着他们两人。

长时间的沉默后,他转向邦德。邦德抬头看他。飓风灯下,那颗大号灰色足球般的脑袋看上去像一个元素精灵,一个从地球中心钻出来的邪恶幽灵。它挂在半空中,金色眼睛发出耀眼光芒,身体在黑暗中。邦德必须提醒自己,他听到过心脏在他胸部跳动的声音,听到过他的呼吸,看见过他灰色皮肤上的汗水。他只是一个人,一个与自己相同的物种,一个大个子男人,有着聪明的大脑,但还是一个要行走和排便的人,一个患有心脏病的凡人。

他宽大而坚韧的嘴咧开,扁平而略往外翻的嘴唇露出大白牙。

"你是那些派来对付我的人中最厉害的一个,"大先生说,他安静平和的声音带着沉思和考量,"你已经干掉了我四个助手。我的追随者们觉得这难以置信。时间充分的话,这数字应该会翻倍。现在到算账的时候了。而这个女孩的背叛,"他仍然看着邦德,"我在阴沟里发现的女孩,我准备与之结婚的女孩,也使我的绝妙计划遭到质疑。当天意,或正如我的追随者们相信的萨米迪男爵,把你带到祭坛,准备用斧头砍下你的头时,也许我也该想想给她这一种死法。"

他停了下来,嘴唇微开。邦德看到他的牙齿聚在一起形成下一个单词。

"所以很方便,你们将一起死。这将会以合适的方式进行,"大男人看看手表,"两个半小时过后,六点钟前后,"他补充道,"整个过程只要几分钟。"

"在黑人解放史上,"大先生以一种单纯的交谈语气继续说,

"已经出现过伟大的运动员、伟大的音乐家、伟大的作家、伟大的医生和科学家。在适当的时候,正如其他种族的发展史一样,在生活的各个方面的伟大黑人和著名黑人也会出现。"他停顿了一下,"不幸的是,邦德先生,对你和这个女孩来说,你们遇到了第一个伟大的黑人歹徒。我使用这个粗俗的词,邦德先生,因为你们用这个词称呼我,作为一种形式的警察,你也在用这个称呼我。但我更喜欢把自己看成是一个用能力、脑力和智力来制定自己的法律并据此来行动的人,而不是接受那种只适合最普通公民的最小公约数法律。你肯定读过在《战争与和平期间大众的本能反应》中特罗特关于牧羊人本能的那段叙述,邦德先生。我是一头狼,我按狼的法律来生存。自然,羊把这样的人称为'歹徒'。"

"事实上,邦德先生,"大男人停顿了一会儿后,继续说,"我存活下来并的确享受到了无限的成功,我独自一人对抗了难以计数的羊,这可归功于我在我们上次谈话中向你描述的我的现代技术和一种吃苦耐劳的无穷能力。不是枯燥而单调乏味的痛苦,而是艺术而精妙的痛苦。邦德先生,我发现战胜羊并不困难,如果一个人天生就是狼,那么战胜为数众多的对手也不是不可能的。让我用一个例子向你说明,我的思想是如何工作的。我将以决定如何处死你们的方法为例。这是我从我仁慈的赞助人(亨利·摩根爵士)那个时代学到的方式。在那些日子里,它被称为'龙骨拖运'。"

"请继续。"邦德说,没看纸牌。

"我们船上游艇中有一个扫雷器,"大先生继续说,就像他是一个外科医生,正向一群学生描述一次高难度手术,"我们用来捕捞鲨鱼和其他大鱼。这个扫雷器,如你所知,是一个鱼雷形状的大型漂浮设备,它被系在一根缆绳末端,远离船的一侧,也可用于压住渔网末端,当船在水中运动时拖住网,或在战争时期搭配一个切割设备,切割系留水雷的缆绳。"

"我打算,"大先生以一种平淡的推论语气说,"把你们一起绑在从这个扫雷器上接出来的一条绳上,拖着你们穿过大海,直到你们被鲨鱼吃掉。"他停顿了一下,一个一个扫视他们。纸牌正睁大眼睛凝视邦德。邦德在努力思考,他的脑中一片空白,他的思维正穿透未来,他觉得自己应该说点什么。

"你是一个大人物,"他说,"有一天你会以极其可怕的方式死去。如果你杀了我们,死亡会很快降临。我已经安排好了,如果你谋杀我们你很快会发疯。"

甚至在他说话的时候,邦德的思想也在飞速工作,计算小时和分钟,他知道大先生的死亡在慢慢逼近,强酸在不停侵蚀保险丝,时钟指针在指向他个人的最终时间。但他和纸牌会死在这之前吗?汗水从他脸上流到胸口。他朝纸牌笑了笑。她迟钝地回视他,她的眼神有些慌张。

突然她发出一声极度痛苦的喊叫,这使得邦德的神经紧张。

"我不知道,"她哭了,"我预见不到。只能看到死亡在靠近。会有很多死亡。但是……"

"纸牌,"邦德喊,害怕她看到在未来可能发生的事情会给大先生警告,"振作起来!"

他的声音中有一种愤怒的痛苦。

她的眼睛变得清澈,她默默地看着他,仿佛并不理解。

大先生又开口说话了。

"我不会疯狂,邦德先生,"他平静地说,"你所有的安排都不会影响我。你们会死在暗礁上,不会留下任何证据。我要拖着你们尸体的残留物,直到一点不剩。这是我的用意。你可能也知道,鲨鱼和梭鱼在伏都教仪式中发挥了独特的作用。它们将得到它们的祭品,萨米迪男爵也会被供奉。这能满足我的追随者。我也希望继续我的食肉鱼实验。它们只在水中有血液时才发出攻击,所以你们的身体将被从岛上拖下去,扫雷器将带着你们穿过暗礁。当你们的身体被拖过暗礁,恐怕你们就会流血,会有多处擦伤,然后我们将看到我理论的正确性。"

大先生把手放到身后,打开了门。

"现在我要离开你们。"他说,"要去为你们俩发明的死亡方式做些安排。你们是罪有应得,不会有证据留下,而我的追随者将得到满足。这就是我所说的,詹姆斯·邦德先生,追求艺术完美的痛苦。"

他站在门口,看着他们。

"二位尽情享受这个很短但很美好的夜晚吧。"

Live and Let Die

第二十二章　海上恐怖

守卫来带走他们时,天还未亮。他们腿上的绳子被割断,双手仍然被绑着,他们被带到地面。

他们站在稀疏的树丛中,邦德用力呼吸清晨冷冽的空气。他的视线穿过树林朝东凝视,看到正在变淡的星星和破晓时分的地平线。蟋蟀的子夜歌几乎结束了,岛上某处一只仿声鸟开始练声。

他猜测现在是凌晨五点半左右。

他们在那儿站了几分钟。黑人们与他们擦肩而过。他们拿着包和贾帕旅行箱,愉快地低语交谈。树林中少数茅草屋的大门已经敞开。男人们列队走向邦德和纸牌站立处右边的悬崖边缘,消失不见,他们没有回来。这是疏散,整个岛屿的驻军在撤营。

邦德赤裸的肩摩擦着纸牌,她紧紧靠着他。从闷热的地牢出来后感觉很冷,邦德冷得发抖。但走动总比长时间关在下面好。

他们都知道，等待他们的是赌博，是生死攸关的。

大先生离开了他们，邦德抓紧时间，告诉那女孩粘在那艘船侧的水下爆破弹将在六点过后爆炸。他向她解释了决定生死的种种因素。

首先，他赌大先生对正确和效率的狂热。如果天上有云，塞卡特尔号会推迟出发。如果黎明暗光的能见度不够让船顺利通过珊瑚礁，大先生也将推迟航行。如果邦德和纸牌还在船旁的码头上，他们那时将被大先生杀死。

如果船准时起航，他们的身体将被拖在离船不远的距离，拖在哪一侧？必定是左舷，那会便于扫雷器清理岛屿。邦德猜扫雷器的缆绳会是50码，他们将被拖在扫雷器之后二三十码。

如果他是对的，他们会在塞卡特尔号扫清通道后50码开外被拖到暗礁。她可能会以3码的速度靠近那通道，然后加速到10码甚至20码。起初，他们的身体会以一个缓慢的弧线从岛上被拖下去，在拖绳的末端迂回摆动。然后扫雷器上的绳子会因阻力增大而绷直，他们将会接近暗礁。

邦德战栗地想，他们受伤的身体将被拖行于锋利的珊瑚岩石和树丛中，背和腿上的皮肤会剥落下来。

一旦越过暗礁，他们将变成巨大的血饵，几分钟后，第一条鲨鱼或梭鱼将感觉到他们。

大先生会舒舒服服地坐在船尾座板上，看着这血腥的节目，也许还戴着眼镜。活饵会变得越来越小，到最后鱼连血迹斑斑的绳子也吃了下去。

什么都不曾留下。

然后扫雷器将升起并缩回船舱,游艇会优雅地驶向遥远的佛罗里达群岛,布尔角和圣彼得斯堡海港的露天码头。

如果炸弹爆炸时他们仍在水中,是不是会伤到离船只有50码远的他们？冲击波的影响将对他们的身体造成什么伤害？这可能不是致命的,船体应该会吸收掉大部分冲击,珊瑚礁也会保护他们,邦德只能猜测和希望。

最重要的是,他们必须活到那可能的最后一秒。当他们被绑成一团拖过大海时,他们必须保持呼吸。很大程度上取决于他们如何绑在一起。大先生希望他们多活一会。他对死诱饵不感兴趣。

如果当第一条鲨鱼出现在他们背后时他们还活着,邦德决定溺死纸牌。他会把她的身体翻到他下面抱着她、溺死她,然后他会再尽力把她的尸体翻回到上面来保护自己。

他脑海里的每一个想法都是噩梦,这人发明的可怕酷刑和死亡都恐怖得令人作呕。但邦德知道他必须保持绝对冷静和决心来争取活命。在知道大先生和他的大部分人也会死的情况下,邦德心里有少许慰藉。只要有一线希望,他和纸牌都能活下来。除非炸弹失效,否则敌人根本没有生还希望。

这一切,数百个细节和计划在邦德脑海中闪过,在他们将被带到海面码头前的最后一小时,他与纸牌分享他的希望,却不提及任何一丝恐惧。

她躺在他对面,用疲惫的蓝眼睛温顺地盯着他,充满信赖,充满温柔和爱恋。

"不要为我担心,亲爱的,"当那些人来带他们走时她说,"我很高兴能再与你待在一起,我很满足。我并不害怕,虽然死亡在逼近。你爱我吗?"

"是的,"邦德说,"为了我们的爱,活下去。"

"快走。"其中一个人说。

现在,天色变得更亮了。邦德听到从悬崖下面传来的双缸柴油机的咆哮声。迎风口的灯随风轻扬,但背风处,船停泊的地方,海湾平静如镜。

大先生出现在垂直通道,拿着一个商用皮革公文包。他站了一会儿环顾四周,深吸一口气。他没去关注邦德和纸牌或那两个手持左轮手枪站在他身旁的警卫。

他抬头看天空,突然以高亢而清晰的声音,向太阳的边缘大声说道:

"谢谢你,亨利·摩根爵士。你的财富会有好的用途。保佑我们一路顺风。"

黑人警卫敬畏地站在一旁。

"殡仪员的风。"邦德说。

大先生看着他。

"都下来了吗?"他问看守。

"是的,老板。"其中一个回答。

"带上他们。"大男人说。

他们走在悬崖边缘,沿着陡峭台阶向下,一个警卫在前,一个在后。大先生跟在后面。修长优雅的游艇安静地发动,排气管冒出烟,一股蓝色蒸汽从船尾升起。

突堤式码头上有两个男人在导航。除了站在流线型灰桥上的船长和领航员外,甲板上只有三个人。没有空间来容纳更多人。所有可用的甲板空间,除了操控船尾甲板的钓鱼椅外,全被鱼缸覆盖着。红色英国商船旗被降下来,只余星条旗挂在船尾一动不动。

船身几码开外是一个红色鱼雷形扫雷器,大约6英尺长,静静地躺在黎明时分的海蓝色水面上。它系着盘绕在船尾甲板上那一大堆钢缆。在邦德看来,有50多码长。海水清澈见底,没有鱼。

殡仪员的风快过了。很快医生的风从海上吹过来。有多快呢?邦德想知道。这是一个预兆吗?

越过船他可以看到掩映在树林中的美丽荒漠的屋顶,但突堤式码头、船和悬崖小道路还笼罩在深深的阴影中。邦德怀疑夜视镜是否能分辨它们。如果它们能看清,斯坦基维斯会有什么想法吧?

大先生站在突堤式码头上,监督把他们绑在一起的过程。

"剥光她。"他对纸牌的看守说。

邦德退了一步。他偷瞄了一眼大先生的腕表。六点差十分。邦德保持沉默,一分钟都不能耽误。"把她的衣服扔在甲板上,"大先生又说,"给他的肩膀缠上一些胶带了。我不想现在水里就有血液。"

纸牌的衣服被小刀剥下来。她苍白而赤裸地站着。她低着头,浓厚的黑发垂下来遮住她的脸。邦德的肩膀胡乱绑着从她身上剥下来的亚麻裙子。

"你这个浑蛋。"邦德咬牙切齿地说。

在大先生的指导下,他们的手被解开。他们的身体被压在一起,面对面,手臂圈在对方的腰间,然后紧紧绑在一起。

邦德感到纸牌柔软的乳房压着他,她的下巴靠在他右肩上。

"我没想到会这样。"她颤抖着小声说。

邦德没有回答。他几乎没有感觉到她的身体。他在计数。

突堤式码头上有一堆绳子,邦德能看到它沿沙滩盘着,一端挂在红色鱼雷形扫雷器的腹部,另一端绑在他们的腋下,在他们脖子下的空间打了一个死结。这些都做得非常仔细,没有逃脱的可能。

邦德在计数,他数到六点差五分。大先生最后看了他们一眼。

"他们的腿可以保持活动,"他说,"他们一挣扎就能引来鲨鱼。"他走下码头上到游艇甲板。

两个警卫也上到船上。码头上的两个男人解开绳子跟了上去。塞卡特尔号迅速滑离该岛,螺旋桨打破水面的平静,发动机以半速前进。

大先生走到船尾,坐在钓鱼椅上。他们可以看到他的眼睛盯着他们。他什么也没说,没有手势,他只是看着。

塞卡特尔号破开水面驶向暗礁。邦德可以看到扫雷器的缆绳蜿蜒在船侧。扫雷器开始轻轻地随这艘船震动。突然扫雷器放下它的雷达,校准方向并开始移动。

他们旁边的绳子开始在水上跃动。

"当心。"邦德急切地说,抱紧女孩。

当他们从码头上被拖下海水时,他们的手臂几乎被拉脱臼。

他们被海水吞没了片刻,才回到水面,他们绑在一起的身体砸在水中。

邦德在波涛和水雾间挣扎呼吸。他可以听到耳边纸牌的艰难呼吸声。"呼吸,呼吸,"他透过水流冲她喊道,"用腿缠紧我。"

她听从他,他觉得她的膝盖压在他大腿上,耳边她的呼吸变得平缓,她丰满的乳房放松地抵着他的胸膛,同时他们的速度减缓了。

"屏住呼吸,"邦德喊道,"我得看一看。准备好了吗?"

她使劲抱住他回答了他。当她深深吸气时,他感觉到她胸部的起伏。

用他身体的重量,他把她压下去,这样他的头可以伸出水面。

他们被以 3 码的速度拖行。他把头朝上抬避过拖行时溅起的水波。

塞卡特尔号正进入穿过内礁的通道,他猜约 80 码长。扫雷器慢慢沿着船游动,几乎与船成直角。下一个 30 码,红色鱼雷形扫雷器将穿过暗礁。之后的 30 码,他们将慢慢被拖行经过暗礁。

60 码后就是珊瑚礁。

邦德转动他的身体,纸牌浮上来,喘着气。

他们仍然在慢慢地穿越海水。

5 码,10 码,15 码,20 码。

只有 40 码他们就要撞上珊瑚礁了。塞卡特尔号将正好通过。邦德屏住呼吸。现在一定已经过了六点。那该死的炸弹出了什么岔子？邦德急速而虔诚地祈祷："上帝救救我们！"他在水里说。

突然他觉得他手臂下的绳子收紧了。

"呼吸，纸牌，呼吸。"他喊道，这时他们开始沉下去，水开始漫过他们。

现在他们被拖着飞速靠近珊瑚礁。

有一阵轻微的震动。邦德猜测扫雷器撞到了一块浮出水面的珊瑚礁。然后他们的身体突然又致命地向前飞快地划动着。

30码，20码，10码。

耶稣基督，邦德想。我们把一切都交给它了。他绷紧他的肌肉来对抗撞击，灼热的疼痛，他把纸牌侧移到他上面保护她免受最严重的伤害。

突然，拽住他的绳子猛地一顿，一个巨大的力量把他重重砸向纸牌，这使她的身体摔出了海面，但很快就回落了。一瞬间后，火光划过天空，爆炸声响起。

他们突然停在水里，邦德感到松弛的绳索又把他们向下拖。

他们在水面震惊地静止不动，海水冲进他的嘴里。

正是这点让他回过神。他连忙双腿击水，让他们的头浮出水面。女孩死沉沉地压着他，他拼命踩水，看了看四周，把纸牌的头靠在他肩上。

他看到的第一件事就是他们离暗礁附近湍急的旋涡不到5码。没有礁石防护，他们将会被爆炸的冲击波碾碎。他感到腿周围水流的拖力和涡力。他背朝着礁石拼命朝大海游去，大口吞咽空气。他的胸部几乎被压爆，双眼由于海水的冲刷变得通红，通过红色影像

Live and Let Die

他看到天空。绳子拖着他往下沉,女孩的头发填满了他的嘴,使他不能呼吸。

突然他感到锋利的珊瑚礁刮着他的腿肚子。他用脚踢,凭感觉用脚疯狂地找一个落脚点,每个动作都割掉一块皮。

他几乎没感觉到疼痛。

现在他的背和手臂都被刮掉一层皮。他笨拙地挣扎,他的肺在胸腔里燃烧。他脚下有一片珊瑚针床。他把所有重量都放在上面,试图顶住想把他驱逐出去的强大漩涡。他站着,背靠礁石气喘吁吁,血液流进他周围水域。他把女孩冰冷、几乎没有呼吸的身体抱在怀里。

他休息了一分钟,眼睛紧闭,血液从他四肢流出,他痛苦地咳嗽,等待他的感官恢复功能。他首先想到的是周围水域中的血液。他猜想大鱼不会冒险进入礁石丛,即便是有,现在的他也无能为力。

然后,他眺望着大海。

没有塞卡特尔号的踪迹。

静静的天空依然高悬着一朵蘑菇云,开始随医生的风朝陆地飘散。

一些东西散落在水面上,几个人头随着海波上下摆动,被爆炸震晕或震死的鱼儿翻着白肚皮漂满水面,闪闪发光。空气中有浓烈的炸药味。红色扫雷器静静地躺在碎片里,头朝下,被必定是躺在海底的那一端缆绳锚住。船下沉激起的水柱和气泡在大海上喷起。

一些三角鳍快速在海面上游动,很快又集结了更多。一度他看见一个大鼻子伸出水面,扑向什么东西,两只黑色手臂突然伸出水面,几声尖叫后,消失了。两三双手臂开始击水游向礁石。一个人停下来打水,他面前的水域嘣的一声巨响,然后他也开始尖叫,他的身体在水里猛地来回摆动,最后他也消失了。梭鱼咬中了他,邦德晕乎乎的脑子想。

但其中有一个人游得越来越近,越来越靠近邦德站立的那块小礁石,他激起的波浪已拍击到邦德腋窝下,把纸牌的头发冲击得敞开了。

这是一个大脑袋,一道伤口在大脑袋头顶上,伤口里的血流到脸上。

邦德看着他游过来。

大先生浮躁而笨拙地蛙泳,在水里制造的动静足以吸引任何还未享到福的鲨鱼。

邦德眯缝着眼睛,呼吸变得平静,他看着茫茫大海盘算着对策。

头颅渐渐逼近了,邦德可以看到他因痛苦和疯狂的努力而露出来的白森森牙齿。血半掩着他的眼睛,邦德几乎可以听到他灰黑色皮肤下病变心脏怦怦的跳动声。在他被当成鱼诱饵吃掉之前,心脏病会被诱发吗?

大先生继续游。他的肩膀裸露在外,邦德猜想爆炸弄碎了他的衣服,但他黑色的丝质领带还在,绕着他粗壮的脖子,垂在脑后像一条辫子。

飞溅的水清除了他眼睛里的一些血液,它们睁得大大地、疯狂地盯着邦德,他眼里没有哀求,只有因体力消耗而导致的呆滞。

Live and Let Die

邦德看着他，他们如今相据只有 10 码远，他突然闭上了眼，大脸因剧痛而扭曲。

"嗷。"扭曲的嘴说。

双臂停止击水，头沉下去又翻起来。血涌了出来，染红了海水。两条 6 英尺长的浅棕色阴影笼罩了他，朝他后背冲过去，把他顶得摇摇晃晃。他的身体在码头旁的水里。大先生的半条左臂露出水面，没有了手，没有了手腕，没有了手表。

但是他巨大的头，满嘴都是洁白的牙齿的头仍在水上晃动，他还活着。他发出连连惨叫，只有梭鱼每次咬住他晃来晃去时稍作停顿。

邦德身后的海湾传来有一个遥远的呼唤，他没有注意到。他所有的感官都集中到他面前恐怖的水域。

鱼鳍破开水面，在离他几码远的地方，停了下来。

邦德可以感觉到鲨鱼像条狗一样嗅闻，它近视的粉色纽扣样的眼试图透视血液团，权衡猎物。然后它快速穿梭，一口咬中大先生的胸膛。

海面的泡沫破裂了。

巨型豹鲨退后吞咽和再次进攻时，它敏捷的、带有褐色斑点的尾巴甩出大幅的漩涡。

那个巨大的头漂回水面，嘴巴闭上了。他黄色的眼睛似乎仍然看着邦德。

然后鲨鱼的鼻子伸出水面，又冲向那颗头，弯曲的下颚张开，牙齿闪闪发光。海面上响起一阵可怕的咕噜咕噜碾压头骨的声音，出现了一个巨大的漩涡。

邦德张得大大的眼睛继续盯着黑紫色的海水一圈圈荡漾开来。

这时女孩发出呻吟,邦德回过神来。

他背后传来另一个呼唤声,他把头转向海湾。

是科瑞尔,他挺着闪闪发光的棕色胸膛站在修长的独木舟上,晃动着双臂在划桨,他身后远处是鲨鱼湾所有其他的渔船,它们像水上赛艇一样冲过来,在水面泛起细小水波。

新鲜的东北信风已经开始吹拂,阳光洒向蓝色水面和牙买加起伏的山峦。

孩提时代以来的第一次,詹姆斯·邦德蓝灰色的眼睛里流出了眼泪,泪水顺着他的脸颊滴进血迹斑斑的大海。

Live and Let Die

第二十三章　激情离开

两只如同悬空的翡翠吊坠般的蜂鸟开始唱它们最后一支曲子。一只仿声鸟开始唱小夜曲,比夜莺的歌声还甜,灌木丛上方传来茉莉花的香味。

参差不齐的军舰鸟的影子投映在巴哈马绿色的草坪上,它们在随沿海岸的气流飞行到某个遥远的殖民地。石板蓝翠鸟看见有人坐在花园里的椅子上,愤怒地改变了飞行路线,离开大海飞向陆地。翩翩的蝴蝶在棕榈树下的紫色阴影中调情。

海湾的湛蓝的海水十分安静。岛屿悬崖上的深色玫瑰在屋后落日的余晖下分外明媚。

炎热的一天过后,四周有一种夜晚凉爽的味道及轻微的泥炭气味,这来自村子右边一间渔民小屋煨着的烤木薯堆。

纸牌走出房子,赤脚穿过草坪。她拿着一个装有鸡尾酒调制器和两个杯子的托盘,她把托盘放在邦德身旁的椅子上。

"我希望我做对了,"她说,"六比一的比例听起来非常强烈。我以前从来没有喝过伏特加马提尼酒。"

邦德抬头看着她。她穿着他的一条白色丝绸睡裤,裤子对她而言太宽大了,她看起来有种出奇的孩子气。

她笑了。"你喜欢我的'波特玛丽亚牌'的口红吗?"她问,"眉毛是用 HB 铅笔画的。除了梳洗之外,我不能再做别的事情了。"

"你看起来棒极了,"邦德说,"你是整个鲨鱼湾最漂亮的女孩。如果我的腿和手臂是好的,我一定站起来吻你。"

纸牌弯下腰,亲吻他的嘴唇,一只胳膊紧紧搂住他的脖子。她站起身,轻轻把她落在他额头上的发往上拢了拢。

他们互相看了一会儿,然后她转向桌子,给他倒了一杯鸡尾酒。也为自己倒了半杯,她在温暖的草地上坐下,将头靠在他膝盖上。他用右手抚摸她的头发。他们坐了一会儿,看着棕榈树树干间的大海和岛上的逐渐变暗的灯光。

科瑞尔把他们载到美丽沙漠的小海滩上。邦德半抱着纸牌穿过草坪,进了浴室。他把浴缸放满温暖的水。在她清醒之前,他给她抹上香皂,清洗她的全身和头发。帮她清洗干净她身上粘着的所有的盐分和珊瑚后,他把她抱出来,擦干她,把硫柳汞涂到珊瑚礁在她背部和大腿上擦出的伤口上,然后给她喂了一杯安眠液,把她放进他自己床上的被窝里,吻了她一下。在他做完这些,关上百叶窗之前,她睡着了。

随后他进了浴室,斯坦基维斯帮着给他抹上肥皂,把他清洗干净,几乎从头到脚把他的身体全涂了一遍硫柳汞。他有上百处擦伤和渗血的伤口,他的左臂被梭鱼咬掉了一口肉,已经有点麻木不听使唤,硫柳汞的刺激让他疼得磨牙。

他穿上一件晨衣,科瑞尔开车送他去玛丽亚港的医院。在离开之前,他吃了一顿奢侈的早餐,美美地抽了一支烟。他在车里睡着了,手术台上也没醒,他们最后把他抬到简易床上,缠满大量绷带和手术胶带。

下午早些时候科瑞尔带他回来。到那时,斯坦基维斯已经按照邦德提供给他的信息采取了行动。一个警察支队登上惊奇岛,塞卡特尔号沉船躺在大约 20 英寻外,被来自玛丽亚港的海关巡逻舰定位和搜救。救助拖船和潜水员正从金斯顿赶来。当地媒体得到了一份简短声明,警察局封锁了到美丽荒漠庄园的路以抵挡当完整故事暴露于世时将汹涌赶至牙买加的大批记者。与此同时,一份详细报告已经呈交给 M 先生和华盛顿,因此大先生在哈莱姆和圣彼得斯堡的团队也被围捕,并将以黄金走私的罪名指控他们。

塞卡特尔号没有幸存者,但当地渔民那天早上捕获了近一吨的死鱼。

牙买加谣言四起。海湾上面的悬崖和下面的海滩停满了汽车。关于血腥摩根宝藏的传言散布开来,但鲨鱼和梭鱼的传言又保护了它,因为它们,没有一个人打算在夜色掩护下潜到沉船的地方去。医生来看过纸牌,但发现她最关心的是衣服和色彩纯正的口红。斯坦基维斯安排第二天从金斯顿发了一批货过来供她选择。目前她在试穿邦德手提箱里的衣服。

邦德从医院回来不久，斯坦基维斯就从金斯顿回来了。他带来一封 M 先生给邦德的密信。上面写着：

想必你已代表环球出口公司对这笔宝藏正式提出拥有权，立即配合打捞行动，声明我们对财富的主权做得很好，准许激情休假两周。

"我想他的意思是'富有同情心的'。"邦德说。

斯坦基维斯看起来非常郑重其事。

"我希望如此，"他说，"我对您的伤做了一份完整的报告。还有那女孩。"他补充道。

"嗯，"邦德说，"M 先生的秘书拍电报从不出错。"

斯坦基维斯眯着一只眼仔细打量窗外。

"的确如此，老家伙把黄金放在第一位。"邦德说，"假设他认为这笔钱能到他手里，避开秘密基金的盘剥，那到下届议会预算的时候，他就不用为经费吵了。我大半部时间都在和财政部吵。"

"我得到密信后直接在总督府就提出了你的所有权要求，"斯坦基维斯说，"但这将会很棘手。总督也会跳出来争夺所有权，美国也将会参与争夺，因为大先生是一个美国公民。这将是一场拉锯战。"

他们又聊了一会儿，斯坦基维斯离开了，邦德痛苦地走到花园坐了一会儿，和他的思绪一起沐浴在阳光下。

他脑海中闪过他开始对大先生和令人难以置信的宝藏展开漫长追逐后遭遇的不止一次的危险挑战。在他看过死亡的各种面孔后,他活了下来。

现在一切都结束了,他与他脚下的奖品一起坐在阳光下的花丛中,他的手指穿过她长长的黑发,他想把握住这一瞬间,想着接下来的十四天只属于他们两人。

厨房后面的房子里传来陶器破碎的声音和科瑞尔向人咆哮的声音。

"可怜的科瑞尔。"纸牌说,"他借来村子里最好的厨师,洗劫了市场想给我们惊喜。他甚至弄到一些黑螃蟹,这个季节最早的一批。然后他烤了一头可怜的小乳猪,做了鳄梨沙拉,我们已经吃光了番石榴和椰子奶油。指挥官斯坦基维斯留下一箱牙买加最好的香槟。我已经开始流口水了。不过这顿饭应该是一个秘密,我溜进厨房的时候,发现厨师几乎被他训得流泪。"

"他会加入我们的激情假日。"邦德说,他告诉她 M 的越洋电报,"我们将去一座建在木桩上的房子,环绕着棕榈树和 5 英里金色的沙子。你要好好照顾我,否则我只能用一只手臂做爱了。"

纸牌眼里有毫不掩饰的欲望,她抬头看着他,纯洁地笑了:"我背上的伤没问题吗?"